ヨハン=クリスティアン=
フリードリヒ=ヘルダリーン
カール=マイヤーの銅版画
1842年

ヘルダリーン

・人と思想

小磯　仁 著

171

CenturyBooks 清水書院

はじめに

実に多くの者が最も大きな喜びを喜ばしく言おうと試みたが　無駄に終わった
　それはいま遂に　わたしの哀しみのなかでこそ言われていく。

「ソフォクレス」(Sophokles　一七九九)と題されてはいるが、これはソフォクレスの言葉ではなく、ヘルダリーンが詩人としてその悲劇を通し本質的に関与した、古代ギリシアの悲劇詩人ソフォクレスを念頭に置いた自分の詩である。

　もし苦悩が真実のものであるならば、安易に喜びに変化できるはずもなく苦しみはそのまま続いていくのだろうが、この詩行意はそうではない。あるいは我々がよく耳にする、苦しみを喜びに変えるいわゆる苦労が報われる勝利の意味であろうか？　我々の引用詩は、どうやらそのどちらにもあてはまらないようだ。

　それでは、一体詩人はここで何を言い表そうとしたのか？　この詩を本書の始めに掲げたのはほかでもない、ヘルダリーンは、内も外もまさしくこの詩行意を生ききった詩人だからである。最も深い苦悩を識《し》ってしまった者は、この苦悩を最後まで引き摺《ず》っていくしかこれを苦悩として識ることはできない。苦悩を宿命づけられること、この事態を彼の頌歌《オーデ》「私の所有」（Mein Eigentum 一七九九）の主題にほかならない歌《ゲザング》として所有すること、それが彼が自身を刻みつけるたったひとつのしるしなのだ。そしてこれは、彼が苦悩を本当に感じ取ったこと、つまり感受したということにほかなるまい。しかし彼の苦悩は、それだけで終わるのだろうか？　終わってしまってよいのだろうか？

　そうではあるまい。彼の苦悩が自身に正しく感受されればされるほど、これを正確に外部に打ち出す冷徹な眼と手が必須となってくる。彼はこの苦悩に引き裂かれるわけだが、しかし運命の乗り越えなのではない。それどころか、運命自体に絶えず引き裂かれてあること、人間に引き裂かれ、その人間が造り出した社会構造そのものである異端裁判の法廷に絶えず喚び出され、引き出され、引き裂かれてあること、彼の詩人の苦悩とはそういうことだ。彼の愛も、この喚問に晒《さら》された。苦悩がすなわち哀しみであり、この哀しみが永劫に喪われたものへの喪を指している彼の眼差《まなざ》しが浮かびあがる。しかし、この喪だけが正しいのではない。

　だからもし彼が詩人で在ろうとする限りは、この苦悩が終わることはないのだ。そう、最後の最後まで。そして引き裂かれた裂け目に立って震動する足もとからこれを正視し、これを問う眼と手を彼がこの苦悩からこそ獲得し始めるとき、彼はそれまですでに感受し表現もしていた地平から、彼に感受するように執拗に命じてきたものを正確に見つめ抜き、この感受を更に磨《と》ぎ澄ましながらいままでと同じ対象でも、それを一層遠くへと突き放し、古代と未来、天上と冥界《めいかい》までおし拡げ、境を越え出て見つめ通す現在の眼の視界を見出していた。巨大な闇を突き抜けてこれら世界の全体を認識して識別する、大地の、最も新しい故郷を創造する詩人へと変貌《へんぼう》していった。そう、正視する感受をどこまでも止めず、しかし感受し歌いつつも同時に歌うべき世界を認識し識別する詩人へと！　これが、この詩人にとっては、哀しみは遂に哀しみを極めたまま喜びと対等となり、最も深い喜びが出現していた事実を、自らはっきりと認知したことの意味である。このような詩人を限られた紙数で、いや大量の紙数をもってしても論じつくすのは多分不可能であろう。その不可能は不可能として、しかし我々は、哀しみが最後まで消滅しないにもかかわらず、これが最高の喜びに変貌していたその変貌の在りかを問い、尋ね訪ねて行きたいのだ。そういう詩人にこそ、親しく素手で触れたいのである。

本書では、生涯編と作品解説編とに分けるような分類は採らなかった。一書全体が詩人の生涯であり、どの構成部分からもその全体に繋がるように意図したが、その方がヘルダリーンの叙述にはふさわしいと考えたからである。

序説では、著者自身の貧しい体験の一部を記憶から喚び戻しながら、生存中は何よりも詩作内容そのものと後半生の精神の病故《やまい》に、ごく一部を除き同時代から理解されたとは言い難《がた》いヘルダリーンが、実際にドイツでどのようにして受容されてきたのか、およそ二〇〇年以上にわたる歴史のなかの詩人を、日本側の受容史と共に現代からの視点で述べた。

以下第Ⅰ章から第Ⅴ章まで、彼の生涯が辿られる。その本文では、各時期のこの詩人を最もよく伝えていると考えられる詩作品を、紙数の許す範囲でたとえ数節ずつでも選び出した（節分けをことわらない場合はその詩全体）ので、本文と関連させながら読むならば詩人理解は深まるであろう。まず本文を読み終えてから序説に入ってもよいし、その反対に最初からでもよい。いずれにせよ部分と全体とが、それぞれの切れ目を持ちながらも互いに断ち切れない関連に置かれていて、それが結局ヘルダリーンの詩人存在を根元的に映し出していることに気づくに相違ない。なお引用詩は全て拙訳であるが、原語併記は讃歌《ヒュムネ》「パトモス」（Patmos　一八〇二～〇三）第一節の冒頭四行を除き割愛した。また引用詩のあおりで、用意した書簡の一部も割愛せざるを得なかった。

巻末のヘルダリーン年譜は、本文と相補関係にある。参考文献も単行本に限ってではあるが、年譜同様にやや詳しく編んで紹介掲出した。

ヘルダリーンの真髄とも言える詩については、むしろ両者の相違をめぐりよくゲーテに較べられるが、ヘルダリーンの詩はゲーテのように多くが機会詩ではないので、ほとんど必然のように一種の読みにくさが伴ってくる点は否めない。しかしながらその難《むずか》しさは、どれほどわかろうと努めても我々の理解をはるかに越えた、いたずらに難解に走りすぎる難しさとは異なる内容なのだ。この意味でも彼の詩は、我々の一層の近づきを待っていると言えよう。

私はヘルダリーンを、ゲーテやシラー、リルケらとだけではない、むしろツェラーンとも並置されるべき、現代のそして未来の詩人と呼び位置づけたいのである。事実、ヘルダリーンは、ますますそう在りつづけるだろう。

目次

V　最後期のヘルダリーン

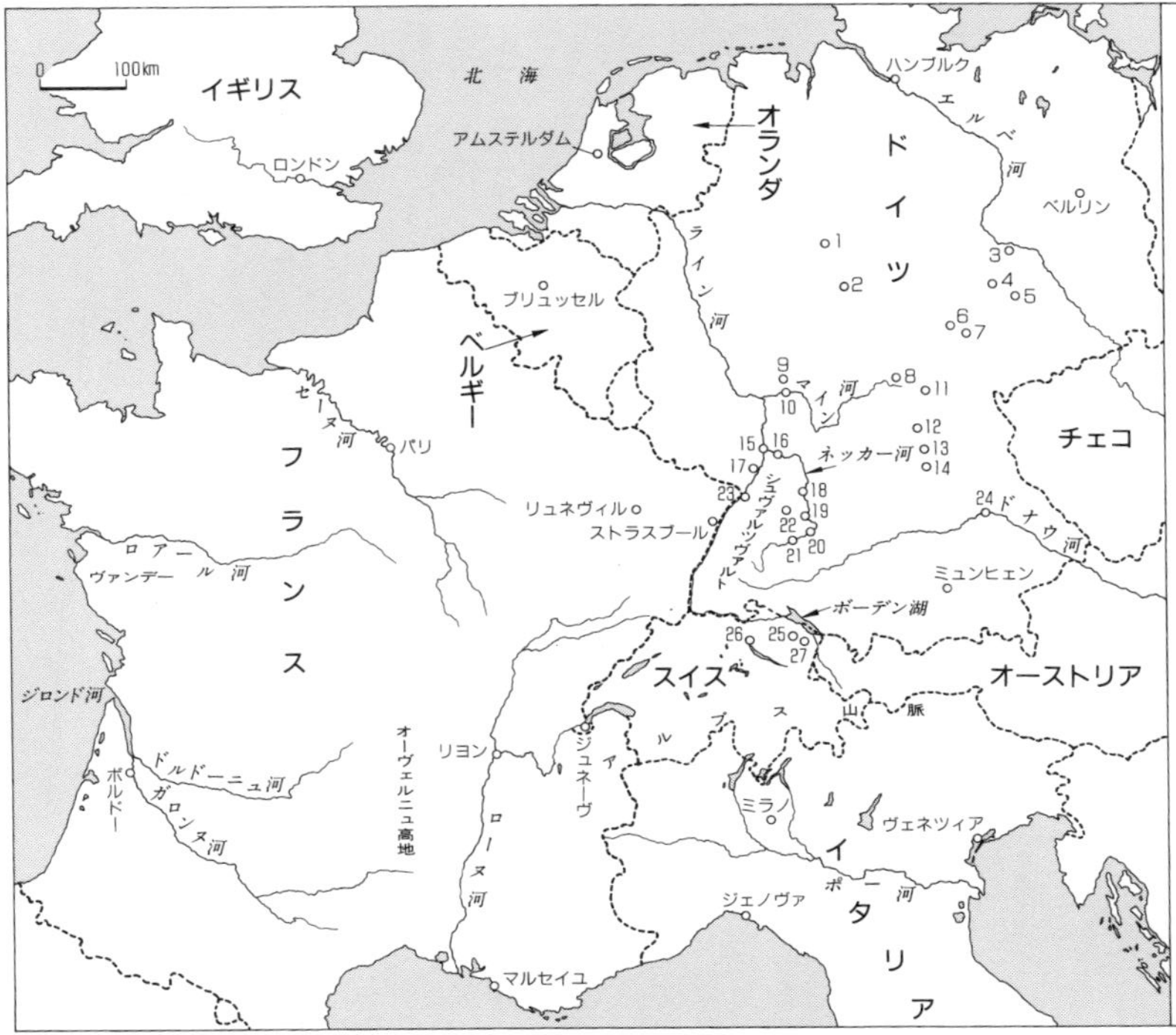

1 バート-ドリーブルク
2 カッセル
3 デッサウ
4 ハレ
5 ライプツィヒ
6 ヴァイマル
7 イェーナ
8 ヴァルタースハウゼン
9 バート-ホンブルク
10 フランクフルト
11 コーブルク
12 バンベルク
13 エアランゲン
14 ニュルンベルク
15 マンハイム
16 ハイデルベルク
17 シュパイアー
18 ラウフェン
19 シュトゥットガルト
20 ニュルティンゲン
21 テュービンゲン
22 マウルブロン
23 ラシュタット
24 レーゲンスブルク
25 ハウプトヴィル
26 チューリヒ
27 ザンクト-ガレン

ヘルダリーン関連地図

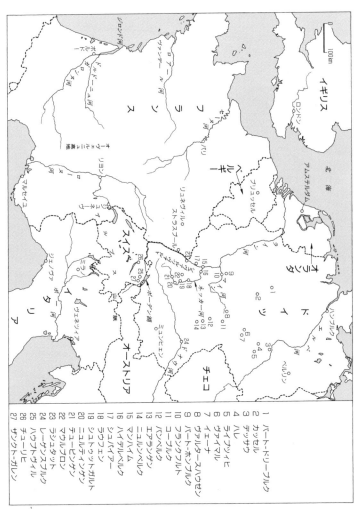

序説　ヘルダリーンと現代

ツェラーンの自作詩朗読　一九七〇年三月下旬、ドイツの詩人ヘルダリーンの生誕二〇〇年を記念するヘルダリーン協会《ゲゼルシャフト》主催の行事が開かれ、当時ヴュルツブルク大学で教鞭を執っていた私は開催地シュトゥットガルトに向かった。

同じ生年（一七七〇）のルートヴィヒ＝ヴァン＝ベートーヴェン（〜一八二七）やヘーゲルらに較べれば一般への知名度には欠けるだろうが、現地にはこの詩人を愛する人々が多数つめかけ、南ドイツの三月末はまだ冷たかったにもかかわらず各催しには暖かい空気が吹き通っていた。

そのなかで、関心を持つ者からは特に待たれたひとつがあった。パウル＝ツェラーン（一九二〇〜七〇）の自作詩朗読である。すでにドイツ国内を中心にいくつもの文学賞を受賞し、彼の文学声価は定まった感があった。しかし両親がナチスの強制収容所で次々に虐殺され、自身も強制労働に従事、以後も今度はソ連の全体主義下に置かれるという二つのイデオロギーに晒《さら》された悲劇的な前半生に起因する苦悩は、年毎に加わる傷痕を増大させながら精神と肉体の最深部に達してしまっており、この時の健康状態も極度に良くないと伝えられていた。

したがって、ツェラーンが予定通り小さな会場に姿を見せたときの私の喜びは大きかった。そして未発表詩篇『光の強迫』（Lichtzwang）を朗読したのである。現代ドイツ語圏を代表する詩人の肉声は、ひょっとしてこれがヘルダリーン自身から発せられたのではなかったかとすら思われる声音の震えがあった。やはり予想通り衰弱の極みに及んでいたせいか、いくつかの徴候が朗読時に現れたために聴衆の一部からは騒《ざわ》めきも起こり、遺憾ながら完全な静寂で聴かれたのではない。この一種の拒否反応は、ツェラーン自身にも聴衆への耐え難い不快感と不信とを惹き起こしたであろう。しかしこの瞬間を待ちつづけてきた私には、そのような騒めきの反応は、彼の肉声を妨げるものとはならなかった。ツェラーンは有りのままの全ての力を傾けつくして、詩人の唯一の証明の自作詩を読んだのだ。

それから約一か月後に生じたセーヌ川への彼の入水も衝撃だったが、朗読はそれ故ほとんど最後の生の場に居合わせ、肉声の唇音まで聴き取った者にとっては、ひとりの現代詩人の生と死を貫く声となったのである。しかもその声は、声を発したツェラーンを喚び寄せたヘルダリーンへと結ばれていく。声が時間と場所を越え、生者が死者となり、死者らはいまひとつの声と化して声が詩人らを媒介するのだ（小磯仁「ヘルダリーンとツェラーン――内なる越境者の聲」「學鐙」第78巻、一九八一年6月号20～23頁、参照）。

巨人ゲーテの背後に

ツェラーンを招き入れ聴えるかぎりの肉声の自作朗読を彼に強いたもうひとりの稀有《けう》な、その時点で二〇〇年前に出生した詩人こそ本書の主人公のヘルダリーンである。我々の詩人は、ヨハン＝ヴォルフガング＝フォン＝ゲーテ（一七四九〜一八三二）より二一年、フリードリヒ＝フォン＝シラー（一七五九〜一八〇五）より一一年遅く生まれただけだから同時代人であることは間違いないが、二人があまりに抜きんでてしまったために、七三歳の長命を保ったにもかかわらず、二人の背後にひっそりと隠れるような形でしか世には知られなかった。結局は両者との生得の詩人資質の差異に帰するにしても、詩の表しようや、ほぼ三〇代半ばで精神の病に沈む運命となったことなど基本的に二人とは異なる要因が考えられる。

ヘルダリーンの全てを否定し去ったわけではないが、それぞれの機会を的確に捉えてはその生の明暗を縦横に具体表現できるゲーテは、ヘルダリーンの中期の、主題にあまりに真剣に対峙する長めの詩に触れただけで主観性と表現量の過剰を批判し、過酷なまでの断じ方をした。一方シラーは同郷（シュヴァーベン）出身ということもあり、ヘルダリーン作品に内在する思想表現の多さによる詩全体の冗漫さを指摘したものの、日常に容易に適合しそうもない、一途に理想を希求するこの青年の秀でた詩人性を見抜き、その開花のために道筋がつくよう助言した。彼の重なる助言は、大学講師への道も断たれたヘルダリーンが独立して文芸・思想誌の編集と発行を計画し、シラーに寄稿と助言を求めたとき、計画は断念しその余力を創作に向けるべきとの、実際に雑誌を出し多くの苦労を経験した立場からこそ言えた忠言にも通じるものである。そのシラーも、自身の多忙と健康上の理由からヘルダリーンから去った。深い畏《おそれ》敬の念から、一言を発するにも神経を使いつつ、それでも数年毎に連絡を企てたシラー、返事が次第に途《と》絶《だ》えがちになりながらも郷里の後輩の本質を誰よりも見取っていたはずのシラーとの絆もこうして断たれた。

副牧師就任を拒否

徹底したキリスト教（新教）管理教育の全過程、つまり幼年時のラテン語学校に始まり初等、高等各二年の僧院《クロスター》学校《シューレ》を経てこのコースでは頂点のテュービンゲン大学神学校《シュティフト》を修了したヘルダリーンには、まず副牧師を始めとする勤務のあと、牧師職としては最も安定した生活が約束されていた。キリスト教は彼が生を享《う》けたヴュルテンベルク公国、ひいてはドイツ全体（神聖ローマ帝国）が認知した国教であるから、公国のように宗教改革以降新教であれ最も安全に保証された世界であることは間違いない。しかもこの地方の最高の養成コースを経たとなれば、彼の人生は完璧に保証されていたはずなのだ。

しかし彼は、コース修了後に付与されたこの条件付きの保証を拒否する。何故か？　この何故に応えようとした小さな試みが本書の内容であり、生涯を作品の一部と共に追跡しながら、その最も重要な基盤の示す詩人世界をかいま見ることになるであろう。

ヘルダリーンは同時に、一七世紀末に始まり一八世紀前半を中心に南ドイツのシュヴァーベン地方でも浸透した敬虔主義《ピエティスムス》の洗礼を無意識のうちに受けていた。プロテスタント教会内部の自己改革に基づく心情と実践の趣旨も当然ながら、自然に分け入り根元の神秘性に直接触れる一面を開示する敬虔主義思想を、ヘルダリーンはこの世に生まれおちたときから宿命的に根深く持ち合わせていたとしか言いようがない。多分ここに早くも、教条主義《ドグマティスムス》や権威に凝りかたまる排他性の強いキリスト教と一線を画していく詩人姿勢が打ち出されてくるのは自明の必然だった。何よりもその一切の源泉としての自然の恵みを全身に隈《くま》なく呼吸してしまったことが、ひとりの少年を境《さかい》を越えた無限の拡がりへと誘《いざな》った。少年のこの拡がりへの越境は、古典語の学びと相俟《あいま》って始まった古代ギリシア－ヘラス世界に直接通じる道をおし開き、シュヴァーベンの全自然がそのまま河流や天空を通してホメロスやピンダロスの描く英雄らが生きるエーゲ海や、神々の居住するオリンポスともなっていったのである。

公国国教を管轄し管理する役所は、国直轄の宗教局《コンズイストーリウム》だった。ヘルダリーンはシュティフト修了時にその国家試験に合格したにもかかわらず、義務の副牧師就任を拒絶したわけだから、以後は宗教局の厳しい監視下に置かれる。詩人自立という最も過酷な道に自身を晒していく以上は深刻な生活問題が避けられないが、当時このような場合のほとんど唯一の方法が資産家の子弟の家庭教師《ホーフマイスター》になることだった。

同い年で同じ道を進んだ人に、高名な哲学者ヘーゲルがいる。しかし彼は、ヘルダリーンから思想形成で強い影響を受けたあと念願の大学教授になり、ベルリン大学総長にまで昇りつめていった。ヘーゲルにもそれほどの影響を与えた人為と自然との分離を克服する独自の合一思想、それも単なる合一ではなく巨大な過程としての悲劇性を小説、劇、そして讃歌でこそ歌い深めた我々の詩人は、この家庭教師《ホーフマイスター》のみ繰り返す。繰り返すということはドイツや隣国の各地に散らばる金持ちの雇い主の許《もと》へそのつど赴くことだから、息子の人並みの安定した生活だけを望んでいた生地ラウフェンにム（一七八一～一八三一）もそうなのだが、ことにブレンターノの妹で後にアルニムと結婚したベッティーナ＝フォン＝アルニム（一七八五～一八五九）は自分の著書『ギュンデローデ』（一八四〇）のなかで、「ああ、迷路のように入り組んだ探究の道に立って激しく心をつき動かされている人、わたしたちも、もし彼のように純粋で雄々しい精神を抱いて神的なものを追い求めようとするならば、このような人になんとしても出会わなければいけないのです。――私には彼の発する言葉が、彼自身が神の神官となって狂気のただなかで叫び上げている神託のように思われます。そして間違いなく、すべてこの世の生活は彼と正視し合うなら狂気ということになるのです。なぜなら、それは彼を理解しないのですから。それにしても、自分は狂気ではないと思い込んでいる人々の頭の状態は一体どうなっているのでしょう？　――いかなる神も関わっていないような狂気も、それもまた狂気ではないでしょうか？」のように述べた。ヘルダリーン詩のリズムまで見抜いていた彼女の理解が一時的なものでなかったことは、やはり同書でヘルダリーン訳のソフォクレスの悲《トラオアー》劇《シュピール》『オイディプス王』の最後の絶望の叫びをめぐるヘルダリーンの解釈への賞讃からもわかる。彼女のこの賞讃は、詩人訳のソフォクレス悲劇の上演への道を拓《ひら》く役割を果たした意味を持つだろう。

　詩作の間を縫うようにして進められ、約一〇年を費し二〇歳代ぎりぎりで公刊された小説『ヒュペーリオン』の主人公は、ヘルダリーンの文学精神の分身と言ってよく、一七七〇年来オスマン帝国の支配にあえぐギリシアの独立と圧制からの解放を目指し、古代ギリシアの誇りを祖国に蘇生《そせい》させようとする主人公の苦闘に多くの同時代人が深い共感を寄せた。恋人ディオーティマとの出会いと独立戦争参加による別れ、彼女の死と復員後の孤独ではあるが自然への全的参入で魂が癒されていく主題は、全ての階層の読者をたしかにとらえていったのである。その一端は本編で示されよう。ゲーテやシラーの令名にはとても及ばないにしても、そして徹底して無保証の詩人の道を歩み始めてしまっていたにしても、何よりも依然としてそう多くはない読者自身が、ゲーテやシラーとも異なるヘルダリーンの詩魂に裏づけられた、自然や恋人、時代変革への純粋意志のほとばしりを、あまりに美しい詩的言語のリズムの純粋な輝きによって目を見はるように驚嘆したのであった。

最初の詩集からヘリングラート版全集　ヘルダリーン生前の唯一の詩集は、病期の一八二六年、グスタフ＝シュヴァープ（一七九二～一八五〇）と、ルートヴィヒ＝ウーラント（一七八七～一八六二）を中心とする郷土の詩人たちの尽力になる『ヘルダリーン詩集』である（二一二頁参照）。これはヘルダリーンへの友情の結晶であり、彼もこの愛すべき一冊を非常に喜びいつも手許に置いて大切にしたが、折に触れて彼自身も不満を漏らすほど編集内容には相当に不備が認められ、詩集と名づけるにはいかにも不完全だった（改訂新版一八四三）。

彼の死の直後の一八四六年に出たクリストフ＝テーオドール＝シュヴァープ（一八二一～八三、グスタフの息子、以下小シュヴァープと略記）編『ヘルダリーン全集』全二巻は、全集の名を初めて冠して評伝まで付いた最初のまとまった作品集であり、これが以後のヘルダリーン‐テクストの最初の、ひとつの土台となったのは間違いない（二一四頁参照）。

ヴィルヘルム＝ベーム（一八七七〜一九五七）編を始めとする、中規模程度の整った全集が一九世紀末から二〇世紀初頭にかけて数種出たのも、この時点での小シュヴァープの綿密な仕事があったればこそと言える。

二〇世紀に入りしばらくして、時代を画するひとつの出来事が生じた。ゲオルゲ派《シューレ》の一人、ノルベルト＝フォン＝ヘリングラート（一八八八〜一九一六）は、ヘルダリーンの詩人世界に深く魅せられ、散逸状態のまま捨て置かれていたヘルダリーンの手稿をほとんど独力で蒐集し、成立期に応じて詩篇・詩型別にテクストを創り全集を編むという一大事業を企図したのである。ヘルダリーンの詩により存在を激しく震撼させられたこの若き貴族の仕事が傑出した先駆性を持つと言えるのは、死後六〇年以上にわたり何かしら素晴らしい内容のようだがやはり異常にも見え、狂気の所産とも見なされてきた後期讃歌のほぼ全貌を注付きでテクスト化したからである。彼の試みは、第四巻『詩篇　一八〇〇―一八〇六年』（一九一六）に結晶した。彼は惜しくも二八歳の若さでヴェルダンに散華したが、遺志を継いだフリードリヒ＝ゼーバス（一八八七〜一九六三）と、ルートヴィヒ＝フォン＝ピゲノート（一八九一〜一九七六）が、ヘリングラートが収載しきれなかった詩篇、他作品を含む全六巻をまとめた。一九一三年の第一巻よりちょうど一〇年目の一九二三年のことだった。フランツ＝ツィンカーナーゲル（一八七八〜一九三五）も同時期に立派な全集を出したが、最後の注解を前に中断し、未完成に終わった（五巻、一九一四〜二六）。

ヘリングラート版全集は、以後約四〇年にもわたってヘルダリーン-テクストのひとつの基準を示しつづけた。

しかしながらヘルダリーンの詩業の巨きさがこうして更に明らかになるにつれて、およそこの詩人の全作品を、文献学《フィロロギー》が到達した学問水準を駆使して集成した全集を誕生させる機運が強まってきた。折しもこの時期がナチス政権下にあたっていたことがそれに拍車を掛け、ちょうど一九四三年が没後一〇〇年に重なるのを公的機縁として、まず代表的研究者らによる『記念論文集』そして国家的規模で新しい大全集が企画刊行となり、またヘルダリーン協会がやはりこの年に設立されるにいたったのもこの歴史情況を背景にしている。協会は翌一九四四年に協会誌『イドゥーナ』(Iduna)を出し、現在まで続く活動を開始した。

シュトゥットガルト版全集　こうして大戦末期に近い一九四三年、一八〇〇年までの詩を収めた第一巻『詩集』が異文・注解篇と併せて二冊刊行された。刊行場所がヘルダリーンゆかりのヴュルテンベルク州の首都シュトゥットガルトだったことから、『シュトゥットガルト版大全集』(以下StAと略記)と呼ばれる。ヘルダリーン全集と言えば、どんな場合でも、世界のどこでも引き合いに出される筆頭格の全集が誕生したのである。刊行責任者は厳密な本文批評《テクスト》-原典批判《クリティーク》で知られる碩学フリードリヒ＝バイスナー(一九〇五〜七七)で、教授は人文学の典型の正確なテクストづくりだけを終始貫いた。当時の刊行意図は直接には詩人を称揚し国威の宣揚へと結びつけようとする要素も明白《あからさま》だったが（それ故戦後の第二版ではこの要素を払拭した）、戦場に向かう兵士で自分の背嚢《はいのう》に普及版『ヘルダリーン　前線詩集』（Hölderlin Feldauswahl　一九四三）を忍ばせた者の多くは、すでに第一次大戦時にもそうだったが、詩そのものに打《う》たれ自らの生命を極限の場で詩に委託しようとしていたのだ。

やがて敗戦となりドイツは未曾有の苦境に陥ったが、ヘルダリーンに寄せるドイツ人の基本感情は一層深まりこそすれ減じることはなく、すでに敗戦直後の一九四六年にはこの第一巻の第二版が、そして一九五一年には待望の頌歌や悲歌、後期讃歌など一八〇〇年以降成立の詩篇を悉く収めた第二巻（異文・注解篇と二冊）が出た。ヘリングラート版を受け継いでいるのは確かだが、特に第二巻はバイスナーの文字通り渾身の学的成果であり、読解の精確度とこれが及ぶ範囲ではヘリングラート版を圧倒的に凌駕《りょうが》する。実に多種多様に発行されたヘルダリーン詩集のほとんどが、StAのこの一〜二巻を基にして編まれている。バイスナーは続く第三巻『ヒュペーリオン』（一九五七）、第四巻『エンペドクレスと論文』（一九六一）、第五巻『翻訳』（一九五二）（以上第三〜五巻ともに各巻に異文・注解篇を含む）にもそれぞれ限度までの読解を行った。偉業と評される所以である。

第六巻『書簡』（異文・注解篇と二冊　一九五四、五八）からアードルフ＝ベック（一九〇六〜八一）が担当し、第七巻『資料・ドキュメント』全四冊（一九六八〜七七）にまとめられた多数の新資料を含む、詩人の実生活を実証する厖大な資料群は、ベックが第六巻の書簡と併せいかに長い時間を費して蒐《あつ》め、これらを詳細に検証してきたかを物語っており、StAに更に無比の特色を加えた。

StAは、一九八五年に最後の第八巻『補遺・総合索引』をベックと、新しい協力者ウーテ＝エールマンとの共編で出した。だがベックは、この巻の出来上がりを見ることなくその四年前に死去していた。一九四三年から数え、完成までに実に四二年を費したわけである。最大の功労者バイスナー、ベック両教授は完成を待たずに他界したが、二人の学統を継ぐ後継者らがこのように立派にStAを終結させたので、StAは今後共に使用に耐え得る高度の水準を維持できることになった。

フランクフルト版全集

StAが未完結の一九七五年、古文書の筆跡にも詳しいディートリヒ＝E＝ザットラー（一九三九～　）は、かねて親しみ研鑽を積んできたヘルダリーンの手稿研究に基づき、StAですら叶わなかった全作品の直接再現を意図し、その試行モデルとも言える『序巻』を刊行、翌一九七六年より全二〇巻の予定でフランクフルト版全集（命名は版元がフランクフルトにあるため、FHAと略記）を開始した。ヘルダリーンの筆跡は精神の迸《ほとばし》りをペンを握る指先に集中したあと力強く勢いよく書き下ろしていく故か、また詩語決定へのためらいの増加が比例して、難読の箇所が後期詩篇ほど増しているためにバイスナーもそれらの箇所で判読に非常に苦しんだのであった。『序巻』で公にされたのは、後期詩篇から選ばれた「鷲」（Der Adler）、「最も近い最も良いもの」（Das Nächste Beste）、『コロンブス』（Kolomb）などの諸讃歌であり、これまで手稿を正確に読解する際のあまりの難解さの故に、どの全集も中核部分へは立ち入らずStAも例外ではなかったが、FHAはこれらの作品の手稿からのテクスト化と分析のモデル提示を行うことで基本方針を示し注目された。FHAは一〇年ほど順調に続いたが、ヘリングラートの提起以来ヘルダリーン詩の最難関の部分とも言うべき、『序巻』紹介の詩を含む後期讃歌を収める長く未刊だった第七、第八巻が二〇世紀の変わり目には『讃歌篇』としてまとめられ刊行の運びになった。これは『序巻』への本論が、難産の末にやっと提出されたテクスト状況を意味している。

FHAは一九八六年、この間隙を縫うように別冊－補遺版全三巻のⅢとして、主要な後期詩篇を詩人自身が書きつけた二つ折ノート『ホンブルク・フォーリオヘフト』（Homburger Folioheft HFと略記。『序巻』のモデル詩はこれから採られた）九二頁分のほぼ原寸大の復刻《ファクシミリ》を刊行した。本ファクシミリは全集各巻の手稿写真よりも格段に鮮明であり、ザットラーが読み取った再現テクストも添えられた。StAではごく一部の研究者に限られていた手稿の第一読解とその再現、つまり初稿と後稿とが濃淡で識別されて並置される解読の試みが、ここで初めて全貌を開示してきたと言えるだろう。しかしながらまさしく手稿そのものから各詩がなった時点で、詩人自身が最終の最良のものと決定していたであろう、まさしく本ファクシミリ版－再現テクストで欠落しているいわゆる決定稿を編者の全責任で決定し提示してくれないならば、我々がこれを常時引用可能な詩集として使いこなすのが難しくなるのは必定である。この意味で『讃歌篇』二巻の完成は、実に重い意義を帯びている。

バイスナーが直面していたヘルダリーンの手稿－詩語をめぐる異文・異解の問題が全巻を通してザットラーによりいたるところで強調されたのだが、その強調の程度は決定稿を伴わないこの再現テクストへの小さな注記からもうかがえる。これはFHAの基本特色でもあるのだが、ことにStAへの批判を急ぐあまり自分も決定を決めかねている箇所も依然として随所に見出され、ヘルダリーン後期詩の読解がいかに容易でないか、我々はあらためて思い知らされる。ヘルダリーンの手稿をこのように我々の身近にもたらした一点はFHAの最も優れた長所であり、後期讃歌のテクストのひとつのモデルが『讃歌篇』で示されたのも、二〇〇八年にはようやく全集完結を見たのも、ひとえにこの長所ゆえと言えるのである（一九一頁参照）。

その他の全集

その『ホンブルク・フォーリオへフト』収載詩を含む後期讃歌のテクスト検証を手稿に即して行ったのが、ディートリヒ＝ウフハウゼン編の大型一冊本『ヘルダリーン《堅固な歌》新発見の後期讃歌（一八〇六年まで）』（以下HBGと略記）だが、作品のファクシミリは一部を除き付けられてはいず、編者の最終決定テクストも示されていない。しかしHBGはFHAを含む、StA、ヘリングラート版まで遡る既存テクスト間の異文を、傍注の形で同一詩行の欄外に同時に指示する掲出方法を打ち出した点で大きな特色を持っている。しかもヘルダリーンの詩法の父とも言えるピンダロスに則った一五詩行の詩行分（もちろん例外もある）を各詩の詩節毎に施し、これが後期全詩篇を基本的に貫いている詩行‐詩節の構造性を収載の全詩に応用して掲げることで後期讃歌の鬱蒼《うっそう》とした森にひとつの道筋を刻んだウフハウゼンの読解例は、私自身も高く評価している（小磯仁「書評」「ドイツ文学」第86号、日本独文学会、一九九一年　167～170頁参照）。

一九九〇年代に入り、二つの内容の優れた普及版の全集が出たことも特記しなければならない。ヨッヘン＝シュミット編（一九九二～九四）と、ミヒャエル＝クナウプ編（一九九二～九三）によるそれぞれ三巻本の全集である。シュミットはバイスナーのStAを根本で受け継いだが、その縮約版ではない。現在進行中のドイツ大古典全集の『ヘルダリーン篇』としてふさわしい内容とすべく、StAの長所を生かしつつ重要詩には詳注を付し（ただ、最後期〔本書一九八～二一六頁〕の短詩群への注は略された）、読者が詩内容を理解しやすいように周到に配慮されている。

FHAによるクナウプは、手稿のファクシミリこそ紙面の制約から一部を除き省略せざるを得なかったものの、手稿に可能なかぎり則ったテクスト構成の基本方針を見事に貫徹している。前述のFHA第七、八巻相当部分も当然ながら入っており、簡略な注解も添えられている。

詩人自身を正確に知るための最重要な手だてにほかならない「ヘルダリーン詩集」は、このようにおよそ二世紀に及ぶ歳月のなかで、根底で詩人への深い愛に裏打ちされた数度にわたる、時代を画する全集を土台にしながら、大判から文庫など求めやすい判型に至るまで、その種類も発行数も、もはや少ないとは言えないまでになった。生前には、きわめて不完全な『詩集』がようやく一冊出たにすぎなかったことを考えると、これだけの質量共に備わった全集が出揃ってきた出版事実の重さこそそれを補ってあまりあると言ってよいであろう。ヘルダリーンの全集は、まだ終わってはいない。FHAも完結したことだし、やがてStAとFHAのそれぞれの長所を補完し合い綜合したような新全集が、二一世紀に出現しても不思議ではないのだ。

それほどこの詩人が我々に遺贈した詩作世界は底なしのように豊饒であり、我々にはそれを受容し、次代へと確実に受け渡していく内的義務を負っているとすら考えられるのである（小磯仁「ヘルダリーン——蒼穹の詩人——全集世界への道」「學鐙」第84巻、一九八七年11月号28～31頁参照）。

ヘルダリーンをどう受けとめたか　詩人受容の主軸の「全集」については述べたので、次にこれら「全集」と不可避の関連で浮かびあがる人々が重要となろう。

同時代の二人の巨匠、ことにゲーテから無視され、文学界で孤立無援を深めたかに思われたちょうどその時、ドイツ・ロマン派のブレンターノや女流詩人でベッティーナ＝フォン＝アルニム達が、この詩人の、比類を見ない詩界の純粋性の輝きを絶賛した評価事実についてはすでに触れた。ヘルダリーンと同じコースを経て地方の牧師と文学を両立させた同郷の詩人エードゥアルト＝メーリケ（一八〇四～七五）も、シュティフトの後輩として手稿保存も含め良き理解者だったことを記しておこう。

一九世紀後半は小シュヴァープの全集がきっかけになり、ヘルダリーンの名は徐々に高まってきた。ルードルフ＝ハイム（一八二一～一九〇一）の著した『ロマン派』（一八七〇）のなかでも採り上げられた。ただその際ハイムはヘルダリーンを、ロマン派という幹から脇の方へ出た枝であり、現実から逃避したギリシアへの憧憬の産物と断じた。しかしヘルダリーンはまさしくそのギリシア愛を媒介にして、同時代の歴史現実こそ最も厳しく見据えつづけた詩人にほかならず、この厳しい眼差しを向けてドイツへの憂慮も希望も歌ったのだから、最重要の一点をハイムは完全に見落とし見誤っていたと言える。ギリシア狂のロマン派の一分枝との観点は、相当後まで残った。

ヘルダリーン死去の翌年生まれのフリードリヒ＝ニーチェ（一八四四～一九〇〇）は、青年期に『ヒュペーリオン』と『エンペドクレス』を読み、どんな権威にも妥協しない詩精神が脈打つ革新性に驚嘆し、やがてこの感銘が『ツァラトゥストラはこう語った』（一八八三～八五）を中心に、根元的かつ多面的な影響を与えたことはよく知られている。

二〇世紀初頭前後に前述の二つの全集が出て、ヘルダリーンの詩作内容の理解は少しずつ正確さを浸透させていった。そうした世紀の変わり目の受容傾向を代表するように、ヴィルヘルム＝ディルタイ（一八三三～一九一一）は、主著のひとつ『体験と詩作』（一九〇五）でヘルダリーンを積極的に説き、彼のうちにフランス革命で示された自由の理念《イデー》を詩によって実現していく未来世界への詩人の予言性を指摘し、その普遍性を強調した。ヘリングラートの出現を直前にしての、そしてこれと連動するヘルダリーン再評価が開始されたのである。

ライナー＝マリーア＝リルケ（一八七五～一九二六）と並んで時代を共有する詩人のシュテファン＝ゲオルゲ（一八六八～一九三三）、二〇世紀初頭に屹立《きつりつ》するこの巨星こそヘルダリーンの清新な未知性を発見して讃え、弟子のヘリングラートに全集編纂への道を見開かせたその人である。それ故、ゲオルゲの許に集まった文学者、フリードリヒ＝グンドルフ（一八八〇～一九三一）、エルンスト＝ベルトラム（一八八四～一九五七）、ルートヴィヒ＝クラーゲス（一八七二～一九五六）、マックス＝コメレル（一九〇二～四四）らいずれも卓越した研究者達は、ヘルダリーンにもはやギリシア心酔者ではなく、古代ギリシアの正確な理解者とその理想を現代にこそ甦らせようとする詩人予言者の姿勢を認めたのであった。また表現主義の夭折の詩人ゲオルク＝トラークル（一八八七～一九一四）にもヘルダリーンの後期詩からの諸影響が見出される。

ヘルダリーンとハイデガー　ナチスは、ヘルダリーンの祖国に寄せる真情を最大限に利用しようとした。例えばこの政権が、彼の「祖国のための死」(Der Tod fürs Vaterland　一七九九）などの詩をことさらに曲解しその思想を歪曲したと言いきれるのは、ヘルダリーンが何より希ったのは祖国を僭主《せんしゅ》の絶対権力と暴力から解放することであり、産みの祖国の瑞々《みずみず》しく若々しい恢復《かいふく》にほかならなかったからである。まだ大戦が終結していない一九四三年、ヘルダリーン協会を設立するまでに高まったヘルダリーン再興の気運を背景に、没後一〇〇年を記念する論集『記念論文集』には、あからさまに国威発揚に結びつけた論考はほとんどなく、困難な時期にもかかわらず正面からヘルダリーンを論じられる、苦渋のなかの喜びすら感じとれるほどだ。この時点でのヘルダリーン理解が時局色だけに染まらずにひとつの高い水準に達していたことは『イドゥーナ』についても指摘できるが、やはり同時期の一九四〇年に現在でも評伝を代表する、ヴィルヘルム＝ミヒェル（一八七七～一九四二）の大著『ヘルダリーン伝』（参考文献の伝記・概説参照）が刊行されている事実からもよくわかる。

このとき、その名を逸することのできない思想家は、マルティン＝ハイデガー（一八七九〜一九七六）である。当時すでに、一九三四年冬学期以来数年にわたり講演、ことに大学講義でヘルダリーンを講じてきて、あの没後一〇〇年の『記念論文集』にも「《追想》論」を寄稿し、手稿ファクシミリまで付し詩解明に大きく寄与したハイデガーは、主著『存在と時間』（一九二七）以降の存在論の延長上に詩の言葉を「存在の家」としてうち据える立場に到達し、この地点にヘルダリーンを置いたのである。そして「存在の家」にほかならない言葉を詩作で創り出しているとして、ヘルダリーンを「詩人の詩人」とまで命名した。たとえ短い一時期であったにせよ、責任を持つ公職（フライブルク大学総長）にある者がナチスに加担した一件は決して見過ごしにはできない重大な過誤であるが、この誤謬《こびゅう》から身をよじりもぎはなすようにして詩人の言葉を思索の中枢に据え、戦後も一貫してヘルダリーンとの対話を続行した思想事実は、やはりはなはだ重いと言わねばならない。講演や講義が土台になり連続して成立した一連のヘルダリーン論のなかでも、一九四四年刊行の『ヘルダリーンの詩作の解明』は、度々版を重ね（一九八一年に増補第五版が出たが、これは同年新たに付録を加えて全集の第四巻に収録）、日本を始め多くの国々で翻訳され、ハイデガーだけではなくむしろヘルダリーンを思想詩人としても広める役割を果たしたのであった。

ゆるやかに広がる理解

ハイデガーとは対極に身を置き、同時代への誠実で峻烈な批判を行いつつ、いずれも根底にヘルダリーンへの真摯な関心を持ちつづけていた三人の思想家を銘記したい。三人とはジェルジ＝ルカーチ（一八八五〜一九七一）、ヴァルター＝ベンヤミン（一八九二〜一九四〇）、そしてテーオドール＝W＝アドルノ（一九〇三〜六九）である。マルクス主義文学理論に立つルカーチは、資本主義を克服する理念の実現に向けて多くの著作で重要な問題提起を行った。戦後の代表作のひとつ『ゲーテとその時代』（一九四七）で彼は、『ヒュペーリオン』の主人公に託したヘルダリーンの時代への参加意志は高く評価し、祖国（ギリシア）独立への政治性のはらむ問題の在りかを鋭く衝《つ》いている。

ベンヤミンも二〇世紀を代表する批評家と言っても過言ではない。『ドイツ・ロマン派における芸術批評の概念』（一九二〇）、『ドイツ悲劇の根源』（一九二八）、『パリ・パサージュ論』（一九二七〜四〇、未完）など歴史と精神の深淵を往き来する文学・文明論の並列上に、最も初期のヘルダリーン論が位置している。ここには、ヘルダリーンの類《たぐい》まれな詩人性への大胆だが綿密な時代を先取りした考察がなされ、ヘルダリーンに寄せた熾烈《しれつ》な純粋への思弁的な関心が、やがて巨大な批判思考と全く独自の歴史的唯物論思想への出発の土台でもあり得たことを物語っている。

アドルノは『啓蒙の弁証法』（一九四七）を始めとして一貫して時代の病理を否定し告発するかずかずの問題作を公刊したが、芸術や美学への繊細な感受性がこれらを豊かに包摂していた。ヘルダリーンへの傾聴に値する論考も、この感受性に結びつく洞察と詩人への深い畏敬から生じた受容例である。

なお文学と哲学との両領域にまたがる視点から、ヘルダリーンやツェラーンの詩の最深部まで見据えつつ、厳密な検証を通しその全体像の把握に著しい寄与を果たした研究者としてベーダ＝アレマン（一九二六〜九一）、ペーター＝ソンディ（一九二九〜七一）、ディーター＝ヘンリヒ（一九二七〜　）、オットー＝ペーゲラー（一九二八〜　）らを挙げておく。

一九六〇年代から七〇年代にかけて、ロベール＝ミンダー（一九〇二〜八〇）、ピエール＝ベルトー（一九〇七〜八六）などフランスの研究者側からも、あのディルタイが見出していたヘルダリーンの時代変革への眼差しの持つ新しい革新性が強調して提示され、折から世界各地に吹き荒れた旧体制打倒の流れからペーター＝ヴァイス（一九一六〜八二）は、変革者ヘルダリーンを主人公に戯曲『ヘルダリーン』（一九七一）を書いた。前述のFHAの編纂者ザットラーがヘルダリーンの時代革新性を全集発刊の根本に置いたのも、この新しい時代性を模索するヘルダリーン像との関連からこそ生まれるべくして出現したのだと言えよう。

ドイツが冷戦下に東西ドイツに分割され、予想をはるかに越えた長い分断国家の苦悩が始まってからも、旧西独側で創作する詩人達、例えばツェラーン、ギュンター＝アイヒ（一九〇七〜七二）、ハンス＝マグヌス＝エンツェンスベルガー（一九二九〜　）らによってヘルダリーンが静かに支持されてきたのは、彼らの作品に照らしてみても明らかである。それならば、旧東独ではどうだったか？

網の目のようにはりめぐらされた様々な検閲や規制など社会主義体制の個への弾圧に苦しみつつも、ペーター＝フーヘル（一九〇三〜八一）、エーリヒ＝アーレント（一九〇三〜八四）、ヨハネス＝

ボブロフスキー（一九一七〜六五）、カール＝ミッケル（一九三五〜　）、ヴォルフ＝ビーアマン（一九三六〜　）、フォルカー＝ブラウン（一九三九〜　）らの詩人達もその苦悩のただなかでこそヘルダリーンの未完の頌歌「ドイツの歌」（Deutscher Gesang　一八〇一）を、自分らがいまこそ声を上げて歌うべき最も重い希望の歌と等置し、ヘルダリーンを何よりも彼らと同時代の、現代の詩人として確かに読み抜き読み取っていた詩語証言のかずかずをこそ我々は特に記憶にとどめておきたいのである。

その両ドイツも、一九八九年一一月のベルリンの壁崩壊を経て、翌九〇年一〇月に悲願の再統一を実現し、一〇年が過ぎた。ゲーテのように事ある毎に行事が繰り返される華々しさには欠けるが、ヘルダリーンはこの詩人にふさわしい目立たない在りようでゆるやかに、しかし確実に受けとめられ、除々に理解を拡げていくことはあっても、不当な無理解と無視がなされることはもはや生じないであろう（小磯仁「ヘルダリーン——現前する詩人（上）（中）（下）——歿後一五〇年に寄せる」、「學鐙」第90号、一九九三年6〜8月号、特に8月号44〜47頁参照）。

日本での受けとめ方

日本の文学界でのヘルダリーン受容について、主要なものにしぼって述べよう。明治期の一、二のごくわずかな受容跡や、大正期（大正一一、一九二二）の藤森秀夫編『独和対訳独逸近代名詩選』などに始まる大学向けのテキストや個別の論文には触れない。

ディルタイの『体験と詩作』（明治三八、一九〇五）やヘリングラート版全集（大正二〜一二、一九一三〜二三）がゲオルゲを軸に及ぼしたドイツ国内の影響の大きさについてはすでに記したが、その影響が我が国でもやや遅れながらも、研究者（小牧健夫など）と創作者（生田春月など）の両者にほとんど同時に大正一〇年から大正末期にかけて現れ始めているのは重要な連動現象であろう。

まず大正期だが、詩人で翻訳家の生田春月（一八九二〜一九三〇）により、ヘルダリーン詩数篇が翻訳されている。更に春月は、自死の前年に出した『メリケとヘルデルリン』（一九二九）でメーリケと並べて特にヘルダリーンを論じ、詩「ヒュペーリオンの運命の歌」（春月訳では「ヒュウペリオンの運命の歌」）の訳解を中心に、彼が入水を前にして自分にとって最も親《ちか》しい詩人をヘルダリーンに見出すにいたった喜びすらにじませた、我が国でのほとんど最初の先駆性に富む小伝を創り上げた（『メリケとヘルデルリン——詩集と伝記』〔昭和四、一九二九〕行人社。なお、小磯仁「生田春月とドイツ文学——ヘルダリーンの受容をめぐって」〔『生田春月再見——生誕90周年記念講演集』、一九八三。27〜85頁、今井書店〕も参考になろう）。

文芸評論家の保田與重郎（一九一〇〜八一）も早くからヘルダリーンに着目し、「清らかな詩人ヘルデルリーン覚え書」（一九三三）を発表した。これはグンドルフやディルタイによりつつ、一九世紀の二元的な詩人への分類定義からヘルダリーンを救出し、『ヒュペーリオン』『エンペドクレス』の主人公に近代人の苦悩と悲劇性の典型を認めようとした注目すべき論である（小磯仁「ヘルダリーンと保田與重郎——ヘルダリーン受容史の一断面」〔「浪漫派」第12号「保田與重郎追悼号」一九八二。98〜100頁、出雲出版」参照)。

夭折した詩人立原道造（一九一四〜三九）は、秀抜な堀辰雄論「《風立ちぬ》」（一九三八）では、「ヒュペーリオンの運命の歌」を除き作品自体よりもむしろハイデガーの講演論文「ヘルダリーンの詩の本質」（一九三七、『ヘルダリーンの詩作の解明』収載）を通してヘルダリーンに近づこうとしている姿勢がうかがわれる。

立原とほとんど同時期の詩人伊東静雄（一九〇六〜五三）は、学生時代から原書でヘルダリーンに直接親しんだので、立原を含む他の詩人よりもヘルダリーンへの傾倒度が問題にならないほど強く、受容内容もヘルダリーンの詩人存在に直接触れようとするものであり、その姿勢も一貫して真摯だったと明言してもよい。詩集『わがひとに与ふる哀歌』はその純度のひとつの達成を証するものであり、ヘルダリーンの影響はこの詩集全体について言えることだが、特に同題名の詩『わがひとに与ふる哀歌』は『ヒュペーリオン』を始め、「生の半ば」、一連のディオーティマ詩、ことに「ディオーティマを悼むメノンの哀悼歌」（たとえば一三五頁、一六〇頁参照）との照応において、詩的受容の我が国でのひとつの代表例と指摘できる。

かねてヘルダリーンの古代ギリシアへの憧憬に注目し、作品中でヘルダリーンの名前まで銘記して引用も行ったのは作家の三島由紀夫（一九二五〜七〇）である。彼は小説『絹と明察』（一九六四）で、ハイデガーの『ヘルダリーンの詩作の解明』を引き合いに出し、主人公について「一方、岡野は、今もハイデッガーの新著を取り寄せて讀み、何かと研鑽を怠らなかった。一九五一年に出た『ヘルダアリンの詩の解明』を讀んでからは、ハイデッガーを通じて、ヘルダアリンの詩の愛好者になった。酔へばあの難解な「歸郷《ハイムクンフト》」の一節を朗唱して、並居る人を煙に巻いたりした」(『三島由紀夫全集』第17巻〔一九七三〕77～98頁、新潮社。なお、引用の「……一九五一年に出た『ヘルダアリンの詩の解明』」の一九五一年版は、増補第二版にあたる)と記し、以下全篇を通じヘルダリーンと悲歌「帰郷」(一二七頁参照)に触れ、詩人への愛着が並々ならぬものだったことを示している。それは、三島が三篇のヘルダリーン詩「むかしと今」(Ehmals und Jezt 一七九八)、「ソクラテスとアルキビアデス」(Sokrates und Alcibiades 一七九八)、「夕べの幻想」(Abendphantasie 一七九九)の翻訳まで試みている一例を挙げても理解されよう。ただ三島の場合、小説『潮騒』(一九五四)についても、エッセイ『小説家の休暇』(一九五五)で、創作にあたっては『ヒュペーリオン』に意識的に範を求めたと自注のように説いたほどのヘルダリーンへの傾倒ぶりを示しはしたが、『ヒュペーリオン』の根本主題の理解をめぐっては、主人公の自然喪失の必然性という最重要の問題が捉えられきれてはいない憾《うら》みがある。ここから三島の伊東静雄との受容差異も浮上してこよう。伊東の詩人性をつとに評価していた三島だけに、そしてヘルダリーンへの関心が現代作家のなかでは突出していただけに、両者のこの差異は日本の文学者のヘルダリーン受容上でも非常に興味深い内容を持つと言えるだろう。

　作品の全訳では『ヒュペーリオン』が最初だった(一九三五)。戦後『ヒュペーリオン』の新訳や『エンペドクレス』が刊行され、また初めての単独の訳詩集も出たがいずれも全詩ではなく、昭和四〇年代初めにようやく全集が四巻にまとめられた。ヘルダリーン主要作品のほとんど全てを収載した翻訳は初めての試みであり、その意義はきわめて高い。

しかしその後の約四〇年の、これまでの記述でもその一端を明示した研究成果は当然反映されてはおらず、準拠したStA第七巻の資料編なども当時未完結だった事情もあり、詩の翻訳も含めて補訂すべき諸点は多い。また昭和五〇年代の半ば（一九八〇）に手塚富雄が、前述の小シュヴァープやミヒェルの評伝、StA、いま挙げた自らの編集になる四巻の全集などを基に雑誌（「學鐙」、「心」）に長期にわたり連載した評伝を刊行した。これは上記の、特にミヒェルに多くを負っているのではあるが、日本人によってまとめられた初めての本格的な伝記であり、正確で優れた叙述と相俟って高い評価を受けるのも不思議ではない。ただこの書物からすらもすでに二〇年以上が経った現在、全集補訂と同質の新たなヘルダリーンが創られていくのもまた必然であろうし、ヘルダリーン詩自身に由来する一種の近寄り難さから、我が国の一般への本当の浸透は、むしろこれからこそ始まっていくと考えられるのである。

世界への浸透

これまで見てきたように、ドイツ本国でもヘルダリーンの作品が広く読まれるまでには相当の時間を要した。それではドイツ以外ではどうかと言えば、第二次世界大戦前からヘルダリーンの名は世界に知られてはいたが、作品理解を通しての浸透はやはり大戦後である。

英語圏でもむろんだが、隣国フランスではヘルダリーンがフランス革命の理念とその実現に深い理解と愛情を示し、たとえ半年足らずで挫折したのではあっても家庭教師に就くためにボルドーまでも足を延ばして訪れている背景も手伝って以前から厚い支持層があり、翻訳も盛んに行われ、べルトーなど著名な研究者がいる事情はすでに触れた。現在でも例えば文学者フィリップ＝ラクー＝ラバルト（一九四〇〜二〇〇七）の活動のように作品の翻訳だけではなく、ヘルダリーン訳のギリシア悲劇（『ソフォクレス』）の上演への演出まで手がけるなど、驚嘆すべき受容内容が認められる。

ヘルダリーン諸作品の翻訳がイタリア、スペイン、ポルトガル、ロシアを含む東欧、南米、アジア、アフリカ各諸国と世界各地に及んでいることは喜ばしい。この普及の度合いがことにStAの進展と平行するように重ねられてきた事態は、十分にうなずけることである。

ヘルダリーンをめぐるおよそ全ての分野にわたる詩人受容の正確な内容は、ヘルダリーンについて知り得る関係資料の一切を網羅し記載し収録することを目指し、一九八五年遂に刊行された『ヘルダリーン国際文献目録一八〇四〜一九八三年』（IHBと略記）で探索できるようになった。これはまさしく文化の名に値する大事業と強調しても、少しも誇張ではない。この大冊はシュトゥットガルトにあるバーデン＝ヴュルテンベルク州立図書館の一部局として置かれている「ヘルダリーン文《アル》庫《ヒーフ》」のマリーア＝コーラー女史が中心になり、数十年を費し一九八五年にまとめられたものである。ヘルダリーン生存時を含む約一世紀半の文献を収載した大冊がどれほど大変な手作業の結果であり、同時にそれは世界のヘルダリーン理解者達からの協力の賜物でもあったか、作業経緯を知る私にはよく理解できる。

その後は約二年に一度（二冊）の割合でコーラー女史の後継者マリアンネ＝シュッツ女史を中心とするスタッフにより確実に継続され、世界各地より送られてくるヘルダリーンに関わるあらゆる資料が丹念に分類され整理されたあと、地元シュトゥットガルトの出版社から公刊されてきた。本目録は、二〇〇一年三月一日より、「ヘルダリーン国際目録オンライン」として、オンラインシステムが稼働し始め、文献検索が一層容易になった（巻末の参考文献を参照）。

文庫《アルヒーフ》ではまた二〇〇〇年、IHBの特別版として約二世紀に及ぶ、ヘルダリーン詩の作曲例をほぼ網羅し、作曲者名、また彼に捧げられた朗読を含む創作詩の詩題〜詩人名と作曲〜作曲者名も同様の方法でまとめた『ヘルダリーン　楽譜と録音媒体　一八〇六〜一九九九』という非常に貴重な一巻も刊行した（収録の総譜と録音媒体は同文庫に保存）。こうした文庫《アルヒーフ》の時間をかけた地道で真摯な働きは、自国の詩人に対するドイツの対応の最良例の文化活動と名づけられるであろう（ヘルダリーンの後期讃歌「故郷」（一八一、一九二頁参照）第一行を副題に持つ、ヘルダリーンへの小磯仁詩「海の太鼓」（游星第10号、一九九二年）は作曲され（中嶋恒雄「海の太鼓――ソプラノとピアノのための――」一九九六年、東京初演、二〇〇四年、プラハ、ウィーン再演）、本巻一二七頁に収載）。

もうひとつ大戦末期に発足したヘルダリーン協会（ホームページは、巻末の参考文献を参照）だが、現在世界各国の会員も入れると約一五〇〇人に達している。研究誌年報の性格を持つ年鑑の第一巻が、戦時中にもかかわらず内容の高水準を維持しつつ『イドゥーナ』と題され、会の発足を記念するかたちで一九四四年に世に出た経緯はすでに述べた。大戦後は新たに『ヘルダリーン年鑑』(Hölderlin Jahrbuch HJbと略記）と改称し（したがって『イドゥーナ』は創刊号のみ)、基本方針はそのままに一九四七年より第二巻をもって再スタートを切った。年鑑は原則として隔年毎に発行され、これも隔年開催の協会講演の記録を始め、諸論考や新資料の紹介など話題性にも富んでいる。

新しい関わりを持つために　我々はなぜヘルダリーンを読むのか？　いま何故ヘルダリーンなのか？　何故ヘルダリーンは近寄り難さ、読み難さの初印象にもかかわらず国境を越え、静かにしかしこれほど力強い愛慕を傾けられて読者を見出してきているのか？　そしてこれからも見出されていくことが予知されるのか？

我々はこの序説の最初に、現代の詩人ツェラーン自身のヘルダリーンとのあまりに切実な切迫した関わりを示した。そして今後も我々のかずかずの、詩人との関わりが生まれていくだろう。本書は、そうした、ヘルダリーンとの新しい関わりを産み出すための小さな道案内である。すなわちこの道案内は、私自身がヘルダリーンと交しつづけてきた死者と生者との、いや生者と生者との対話から生じてこざるを得なかった最も小さな関わりを証言する、ヘルダリーンの生涯への記録である。読者がこの記録から、かつて実在した一人のドイツの詩人への扉をおし開き、その文学世界に分け入っていかれることを心より希っている。

I　詩人としての出発を前に

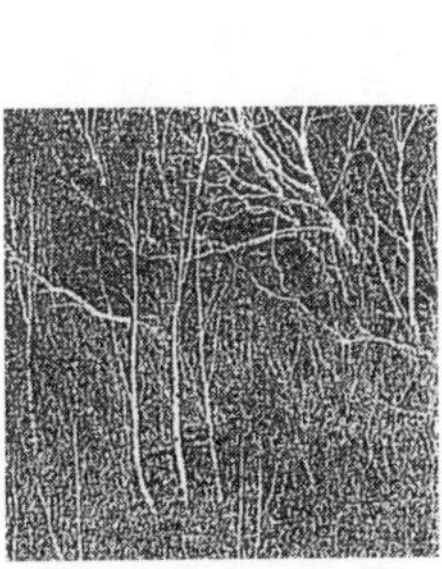

幼少年時代

ヘルダリーンの誕生

ドイツを南北に縦断するライン河は、ハイデルベルク近郊で南ドイツから流れくる二つの支流を迎えている。そのひとつがネッカー河で、もうひとつのマイン河と並び重要な役割を担ってきた河である。この河を包み容れている地方名称がシュヴァーベンで、当時のヴュルテンベルク公国に限定すれば西側に南北にまたがるシュヴァルツヴァルト（黒い森）と、その南端部に接しつつ東北に続く中程度の丘陵山脈のシュヴァーベン高地《アルプ》との間の三角状の地帯に相当し、二つの山脈から流れ下る水脈をひとつに集めたネッカー河が北方へ縦に貫くように流れ、公国全土の自然を豊かな瑞々《みずみず》しいものにしてきたのである。これは現在のバーデン＝ヴュルテンベルク州の地勢にも一致する。

そのネッカー河がおだやかな傾斜の葡萄畑の丘陵の間を縫うように流れている河畔の小村ラウフェンに、ヘルダリーン、正式名ヨハン＝クリスティアン＝フリードリヒ＝ヘルダリーン（Johann Christian Friedrich Hölderlin）は、一七七〇年三月二〇日にヘルダリーン家の長男として生まれた。父親はハインリヒ＝フリードリヒ＝ヘルダリーン（一七三六〜七二）で、九世紀まで遡る聖女レギスヴィンディス伝説に因む教会に発し、一一世紀につくられ一五五一年まで存続した尼僧院がこの

父ハインリヒ＝フリードリヒ＝ヘルダリーン　1767年，油絵

父の勤め先の前史である。

その尼僧院もすでになく、ヘルダリーン家の建物自体もルターの宗教改革以降は新教《プロテスタンティスムス》を公国の国教とするヴュルテンベルク公国宗教局に直属し、建物と付属する領地、その土地での葡萄酒販売を含む管理・経営の一切が彼に任されていた。彼は肖像から見ても、実業家の商才を併せ持つ実直で明朗な人物だったことがうかがえる。

母親のヨハナ＝クリスティアーナ＝ヘルダリーン（旧姓ハイン、一七四八～一八二八）も教養の高い牧師の家の出で、実務肌の夫をよく助けはしたが、夫の片腕となって管轄領地の経営を共にきりまわすというよりは、家庭内が円満に成り立つように濃《こま》やかな気くばりを怠るまいとする気質《タイプ》の女性だった。ヘルダリーンは貴族の富裕階級ではないが、公国官吏としての相当恵まれた家の長子として近親者一同の期待のなかに出生したと言ってよい。

第二の父

そんな赤子の幸福が、突然運命の手により断ち切られる。父が卒中の発作で倒れ亡くなってしまったのである。三六歳のあまりに早い死だった。うら若い母はまだ二三歳、二年三ヵ月余りのヘルダリーン、一歳三ヵ月の女児、出産を約一ヵ月後にひかえたお腹の子が残されたのだ。やがて彼女は

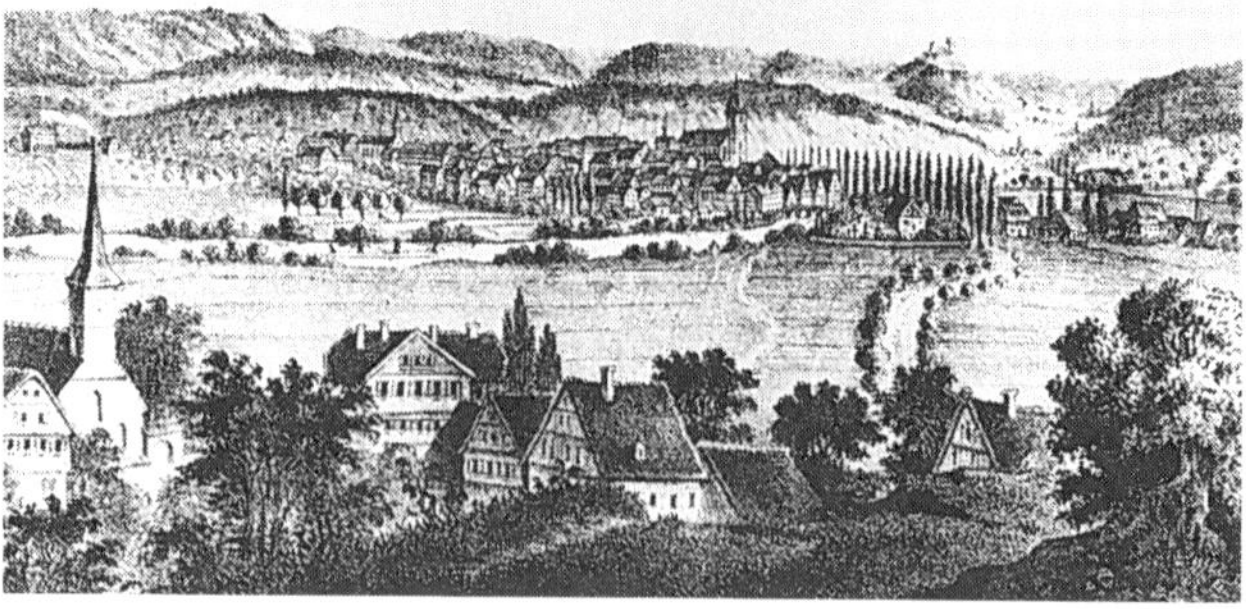

ニュルティンゲン　1850年，石版画

二年後に、ヨハン＝クリストスフ＝ゴック（一七四八〜七九）と縁を得て再婚する。亡夫の友人で有能な官吏だった。そして一家はゴックの新しい勤め先の町、もう少し南の、ネッカー河畔のニュルティンゲンに移り住んだ。ヘルダリーンはほとんど最初の父ハインリヒの記憶のないまま、第二の父を持つことになったわけである。新しい父も弱冠二六歳、二年後にはニュルティンゲンの町長になった、母と同年齢のゴックにヘルダリーンは実の父のようになつき、ゴックもまた実の子供のように彼を扱った。クリスティアーネとゴックの間には、四人の子供が年子のように生まれているので、彼女はあわせて七人の子をもうけたことになる。ただ生存したのは詩人の他は、二歳年下のハインリーケ（一七七二〜一八五〇、愛称リーケ）と異父弟カール（一七七六〜一八四九）のみで、他の弟妹はいずれも一家の不幸に合わせるように赤子、幼児のときに死亡している。生き残った三名はいずれもそれぞれに生を全うした。この家には母の母ヨハナ＝ロズィーナ（一七二五〜一八〇二、旧姓ズートア）もやってきた。ゴックの才覚で買い足した結果、ラウフェン時よりはるかに広く規模にも勝る畑や果

樹園に囲まれた大きな家でヘルダリーンは、父や母らの情愛を一身に受ける幼年時代を送ることになった。彼の内部で永く記憶されていた時間と場所である。その時間と場所は、後の彼の言葉によれば自然だった。それは少年の彼がどんな仲介も必要とはせずに、自ら名指した神々と戯れることのできた純粋時間であり同時に純粋空間でもあったからである。その自然は、学業を終え初めて故郷を出て独立生活を始めた時期に成立の「自然に寄せる」（An die Natur 一七九四〜九五）で、やがてその喪失が底知れないものとなる源の喜びとして次のように表現された。

わたしがまだおまえのベールに包まれて遊び、
花がそうするように、まだおまえにぴったりと寄り添い、
わたしの優しくおののく心音を包みこむ
どの音にもおまえの心の鼓動を感じとったとき、
わたしがまだおまえと同じくらいに、深く信じる気持ちやあこがれで
いっぱいになり、おまえの姿を前に立ち、
まだわたしが泣きはらす場所や、
わたしの愛の世界を見つけていたときには、
わたしの心が太陽に向かって見開き、

太陽がその調べを聴きとってくれるかのように感じ、
星々を我が兄弟と呼び
春を神のメロディーと呼んだときは、
森をざわめかせた息吹のなかで
まだおまえの霊気、おまえの喜びの霊気が
心の静かなさざ波のなかで生き生きと動いていたときには、
金色《こんじき》の日々がわたしを抱きしめてくれた。

（第一〜二節）

底知れない優しみ

この幸福な幼児を第二の激震が直撃する。ニュルティンゲン町長として町政全般を立派にやり遂げていたゴックが、一七七八年一一月にネッカー河が氾濫して洪水を惹き起こした際には、自ら現場に急行し水害救助に率先してあたったその熱心さがもとで高熱性胸部疾患に罹《かか》り、恢復の徴候のないまま翌七九年三月急死したのである。この父も三〇歳の若さだった。今度は何も覚えていないというわけにはいかない。ヘルダリーンは、むしろ第一の父をも無意識の縁《ふち》から意識的に喚び戻しながら第二の父との永訣《わかれ》を、今度こそ生々《なまなま》しい皮膚感覚で感じ取ったであろう。肉親同様の父だったればこそ、その喪失は少年に後年「永劫に愛《いと》しい父」「愛し愛された父」と歌われた父の不在を意識させつづけていくことになるのだ。

母ヨハナ＝クリスティアーナ＝ヘルダリーン　1767年，油絵

それでは母クリスティアーナはどうだったか？　三〇歳の、それもいく人もの子供をほとんど同時に抱えたひとりの女性を想像しただけでも相当程度そのひとの心のうちを思い浮かべることができよう。再婚生活が希望の持てるものだっただけに、せっかくつかみかけた家庭の幸福が夫の急死で一挙に失われるという激変は、前夫《ハインリヒ》の場合にも増して一層深かったはずである。もう二度と再婚しなかった母は、これ以後は夫の遺した遺産を慎重に管理しながら息子に自分の幸福の全てを託し彼の成功を夢見るひとになっていく。したがって母の期待の分だけヘルダリーンは、その委託の一切の負担を父喪失の哀しみに付加する形で引き受けていかざるを得ない。九歳の子供に、こうして父と母からの二重の内的負担が一挙に襲いかかることになったのである。つまりひとりの子供が自分自身だけではなく、二人の父とひとりの母とを同時に背負いつづけることになったという詩人宿命の問題が生じたことを覚えておこう。

母にしてみればこの子が、当時の公国の上・中流の特に父のいない家庭では一般的な進学目標の、国費でまかなわれる初・上級の各僧院学校《クロースター・シューレ》に入学し立派な成績で卒業したあと、更にテュービンゲン大学神学《シュティ》校《フト》（神学部に同じ）で神学を修めるという聖職者の最高の学歴コースを修了すると、公国宗教局の命ずるところに従い、副牧師からやがて正規の牧師となって平穏で安定した家庭生活を築いてくれることこそ彼女の唯一の願いとなったのだ。そしてその子は、大学を終えるまでは母の期待に応えはした。しかしその後はどうだったか？　彼の人生の歩みを一瞥しただけでも、彼女の希望通りにはいかなかった。何故か？　我々はヘルダリーンが成長していく経過をたどるなかで、詩人の背反の根深い根が母の期待と反比例するようにすでにこの期に芽生え独立した展開を開始していた事態を知るだろう。

ヘルダリーンは、底知れない天性とも言うべき優しみの感情を持ち合わせていた。二度も寡婦となった父親代わりの母の期待を裏切るまいと極限まで自身を維持し抜いたこの感情が長く息づいていたことは、特に後年に書かれた母宛の書簡が示している。それほどまでにこの感情が不断に働いているのに母の期待には結局応えられなかった詩人を正確に理解するためにも、まず根元感情としての彼の優しみに触れる必要があった。結果として母を裏切るほどの詩人存在を産み出すための雄々しさを共在させる必然要件としての。それは、この信じ難いほどの優しみをばねにして、裏切りとしか言えない詩人存在へと自己を押し上げ押し拡げていく彼の全事実なのだ。したがってこの感情は、彼の詩人存在が深化を遂げれば遂げるほどいよいよ鞏固《きようこ》で堅固なものとなっていかざるを得ないような優しみと化し、やがて狂気に陥っても優しみは遂に優しみのまま死の瞬間まで生きつづけたのであった。この受験期に、一二歳から個人教授（聖書が中心）を受け持った副牧師ナターナエール＝ケストリーン（一七四四〜一八二六）は、深い学識と温かい包容力でヘルダリーンに、特に敬虔主義をめぐる魂の領域で忘れ難い印象を刻みつけたことを言い添えておこう。

デンケンドルフ初等僧院校で

ヘルダリーンは一七八四年九月、国家試験に合格した。入学資格を得た彼は同年一〇月デンケンドルフの初等僧院校に入学した。デンケンドルフはニュルティンゲンよりわずか九キロしか離れていない小村だが、彼は初めて自宅を離れての全寮生活を体験することになった。この学校はマウルブロン上級僧院校への、いわば前期課程にあたる。どの生徒も聖職を目指すことがはっきりしていることもあり、新教の厳格な学びと訓育が行われ授業課目もぎっしりである。入学の喜びを味わうひまもあらばこそ、公国の定めたキリスト教教育のプログラムのなかに完璧に組み込まれ、そのプログラムは一日の例外も認めず全生徒に徹底した完遂を求めるわけである。このように日々緊張の課業のなかで、まずその正課課題に応える形で創られた現存する最初の詩が無題の「感謝詩」(Dankgedicht　一七八四)である。いかにも一四歳の少年の作らしい表現のぎこちなさのなかにも、師たちに感謝し、彼らが「名声」や「高い名誉」に飾られつつ、「教会とこの国の繁栄」に努める師たちの「目標」に「天上が報いてくれる」ことを祈念する生《き》まじめな少年の真率さがあふれている。ただこの最も初期の作品に「幸福の野」、「旅人」、「鬱蒼とした森」、「熱砂にゆらめく荒地」などの詩語が現れていることに注意しておきたい。

　翌一七八五年作の、「夜」(Die Nacht)、「M・Bに」(An M.B.)、「充たされない者」(Der Unzufriedne)、「夜の放浪者」(Der nächtliche Wanderer)、「人間の生」(Das menschliche Leben) などは、いずれも例外なく信仰の敬虔さで必死に身を守ろうとどれほど努めても、少年の彼自身の、それから逃れきれるはずのない心の暗部からも眼差しを逸らすまいとする詩人姿勢が早くもはっきりと認められる。日常を明とすれば明にいながら明のみにはおさまりきらない、そこに在って苦悩するからこそ見えてくる暗の世界が一五歳の少年に確実に入り込んできていた詩作事実を我々は否定できないのである。更に未完作品の「アドラメレヒ」（Adramelech　一七八五）と、「イスス河畔での、兵士らを激励するアレクサンドロスの言葉」（Alexanders Rede an seine Soldaten bei Issus　一七八五）が面白い。前者はフリードリヒ＝ゴットリープ＝クロップシュトック（一七二四〜一八〇三）の大作『救世主《メシア》』（一七四八〜七三）に影響され、悪霊アドラメレヒの存在を確認しようとした小品、後者はペルシアのダリウス二世を破ったマケドニア大王アレクサンドロスの偉業を讃える長い詩（六六行）で表現に物語詩に近い硬さが目立つものの、少年の眼で捉えられた古代の英雄はヘルダリーンの最初の頌歌により歴史を生きる人間となり、古典学習のひとつの実りを示した。

マウルブロン校、ルイーゼとの恋　デンケンドルフ校を終えたヘルダリーンは一七八六年一〇月、上級課程にあたるマウルブロン僧院校に移る。この学校はデンケンドルフより更に西北にあり、ニュルティンゲンからは一層遠ざかった。マウルブロン校は二〇〇六年には創立四五〇年を迎える（すでに旧教時代の前史があるが、一五五六年に新教の僧院校としてスタートをきった）が、さすがに上級校の歴史内容を持ち、当時のままのロマネスクとゴチック両様式を組み合わせた堂々たる規模を持つ。ここに進学した生徒らは日曜を除いて一週間、早朝から夜までほとんどすきまなく張りめぐらされた時間割に添って、生徒らにはきわめて不評の院長ヨハン＝クリストフ＝ヴァインラント（一七二九〜八八）の管理下に、営々と神学校《シュティフト》進学に向けて学業にいそしむのである。ヘルマン＝ヘッセ（一八七七〜一九六二）もおよそ一〇〇年後に本校に学んだが、模範生を拒否し脱走を企てた経緯は、彼の自伝的小説『車輪の下』（一九〇六）で活写されている。

マウルブロン校の実務管理者ヨハン＝コンラート＝ナスト（一七二四〜九三）の末娘はルイーゼ＝フィリピーネ（一七六八〜一八三九）と言ったが、校内に住む少女ルイーゼは少年の心を捉えた。少女もヘルダリーンに強く魅かれた。現在残る、一六歳時に一学友が描いたとされる着色のスケッチ画（写真参照）を見ても、まだ幼なさの残るこの少年の抜きんでた優雅な繊細さを伴った、少女を強く魅きつけたに違いない美しさが伝わってくる。ルイーゼには、いとこのイマーヌエール＝ゴットリープ＝ナスト（一七六九〜一八二九）がいた。ヘルダリーンはこのナストと友情を結び、さまざまな悩みや喜びを手紙で交換し合いながらルイーゼの件で良き相談相手になってもらっている。ナストもヘルダリーンの気持ちを好意的にくみとり、両人の接近にも心をくだいた。彼女の住む官舎と校舎を結ぶ柱廊の片隅で、ほんの短く二人はよく互いの胸の内を語り伝え合った。休日には散歩も共にするほど高まった愛の感情と平行するように、しかし詩作を深めて詩人としての桂冠をかち得たい気持ちも、愛に比例してこれに負けない高まりを見せてきた。他の詩人な

16歳のヘルダリーン　1786年，鉛筆着色画

らば、初めての恋の一瞬を絶好のチャンスとばかり恋愛機会詩として歌いもしよう。その結果がどうであれ、二つの要素をほとんど矛盾なくその一瞬一瞬が詩語となっていくことができただろう。しかし、この少年にはそれが不可能だった。

この不可能を裏書きするように、ルイーゼの気持ちが最高潮に高まり母の了承も得、母の希望通り将来彼女を妻に迎え牧師のかたわら詩を書くのも悪くないとの思いが彼女と添い遂げる婚約の決断にまで近づくにつれ、果たして自分はその地点で安住してよいのか、詩人の桂冠は手に入れられるのか、ひとりの少女との愛の完成を自分も望みはするが、怖《おそろ》しいまでにふくれ上がってきて、どのようにしても抑えきれない詩人の道を歩みたい志をこれとどう調和させたらよいか？　後者が次第に疑念となってついに前者を押し出すまでに強まってしまったとき、婚約に行き着いていたルイーゼとの愛は終わらざるを得ない結果を帯び始めた。

ナストとの友情も、テュービンゲン大学入学直後の婚約解消に歩調を合わせるようにやはり終焉した。その時のルイーゼの最後の気持ちは「私はまだお別れなぞ考えられない」（ヘルダリーン宛マウルブロンより、一七八九年三～四月頃）に集約されるが、この純情な少女の心も、詩人独立への意志を遮《さえぎ》り押し止《とど》めるちからを持つことはもはやできなかったのである。ヘルダリーンはルイーゼに当時流行していた一般的な恋人名シュテラの名を与え、詩「シュテラに」（An Stella　一七八六）では、まず愛の告白よりも自分の胸底への、ほとんど疑いやあきらめまで含む偽善性をぶつけるように表した。続いてたたみかけるように「シュテラよ、僕は幸福な少年なのだろうか」と言って、愛のさなかにいるのにもかかわらずこの自問を発したのであった。このようにおそらく結局は独りで独立の詩の道を行かざるを得ないとする選択の苦悩は、詩「小夜啼鳥《さよなきどり》」(ナイチンゲール Die Nachtigall 一七八六)でもどうしても引き受けねばならない矛盾として描かれ始めている。

ヘルダリーンは後年、彼の生を根底から変革した愛の体験を持つことになるが、ルイーゼとの愛は詩人独立の問題を共在させることによって初恋にこの矛盾の意味を重く帯びさせたと言えよう。彼の初恋は、ルイーゼという二歳年上の素朴で心優しい少女がもし牧師ヘルダリーンの妻になっていたら、という一瞬、我々の胸を思わず熱くし、また戸惑わせてもしまう仮定想像までもたらしてくれもするのだ。この恋愛感情は他に、「嘆き　シュテラに」(Klagen. An Stella)、「私の女友だちに」(An meine Freundinnen)、「荒野で歌う」(Auf einer Heide geschrieben)で同質表現されている(以上いずれも一七八七)。

シラーらの影響

詩作を創造する喜びは、徐々に確実に高まっていた。いま述べた愛の体験もこの喜びに大いに与ったのはむろんだし、手紙で絶え間なく訴えられる寮生活や寮生との不適合への思い込みによる不安や焦慮、苛立ちなども詩作の主題になり得た。しかし何と言っても特筆すべきは、読書から生じてきた、ピンダロス(前五二二～前四四六)、クロップシュトック、シラー、シューバルト(一七三九～九一)、古代の吟唱詩人オシアン(Ossian)などの古代や同時代の詩人の影響を見逃すことはできない。ピンダロスは古典語学習の継続と深く関わり、

「勝利歌」（Pythische Ode）や「ピンダロス断片」（Pindar-Fragmente）の翻訳だけではなく、後期讃歌の詩節構造を決定するほどの影響力を受容していくことになる。ピンダロスは、詩「私の決意」（Mein Vorsatz　一七八七）のなかで「クロップシュトックの偉大」と等置され、「ピンダロスの飛翔」とも歌われた。彼はこのときすでに、ピンダロスの手法に接していたことがうかがわれる。クロップシュトックについては『救世主《メシア》』を畏敬の念を抱いて愛読し、キリスト教的なものを含みつつもこれをはるかに突きぬけて宇宙次元のリズムを響かせる巨きさに驚嘆した。したがって「クロップシュトックの偉大」の「偉《おお》きさ」とは、この巨きさへの畏怖に等しい。彼はまたクロップシュトックから、このような世界の無限への表現に耐え得る詩型としての頌歌《オーデ》、自由律讃歌《フライエ－リュトメン－ヒュムネ》を学び取ったが、それはまずテュービンゲン期の対象の背後の全体を歌おうとする作詩態度に受け継がれていく。

シラーは一七八一年に『群盗』、八四年に『たくらみと恋』、八七年には『ドン・カルロス』と刺激的な問題作を発表、ドイツのみじめな歴史の現実の矛盾を直視し、ヴュルテンベルク公国逃亡の起因者、ヴュルテンベルク大公カール＝オイゲーン（一七二八～九三）への反逆とその追手《おって》との、現実がドラマの上を行くような生活窮乏のなかでの闘いという人間の在りようにおいて、ヘルダリーンに何よりも最も身近な詩人範型に等しい人間内容を刻印しつづけたのであった。その刻印の生々《なまなま》しさとは、シラーやヘルダリーンの生と同時進行した、最も新しいドイツ文学の息吹きを直接呼吸することを意味した。たとえ表現形式やジャンルが劇文学であれ、それを創造する人物が根底で詩人である限りヘルダリーンはその詩人性にほとんど共感に値する関心を抱いてしまう。シラーは、有名な三つの美学論文や歴史研究などの著作でも詩精神の輝きを失うことがなかった。ヘルダリーンは詩型ではシラーの思想詩の頌歌を学び取り、これをクロップシュトックの詩型と共に次のテュービンゲン期の初期讃歌《ヒュムネ》で自分流に踏襲する。

クリスティアン＝フリードリヒ＝ダーニエル＝シューバルトにも、彼が専制君主オイゲーン大公を自作詩で痛罵《つうば》した廉《かど》でホーエンアスペルク城に一〇年もの禁固刑をうけ服役、出獄後も基本態度を変えない詩人だからであり、詩法というよりも、自分のすぐ手の届くところにいて時代精神を共にする胸底からの親近感で近づいたのである。

オシアンは三世紀頃の古代ケルト族（アイルランド）の伝説的な詩人だが、スコットランドの作家ジェームズ＝マクファースン（一七三六～九六）が翻訳・改作した英訳（一七六五）からの独訳『オシアン』（ミヒャエル＝デニス訳、一七八四）により開示された、ドイツをまきこみつつ全ヨーロッパの若者の心を捉えたこの詩人の悲愁世界は、ゲーテやヨハン＝ゴットフリート＝ヘルダー（一七四四～一八〇三）だけではなく、ヘルダリーンも捉えた。「吟唱詩人、ホメロスの偉大なライバルのオシアンを夢中で読んでいる……優しい心根《こころね》の盲目のオシアンが絶えず僕の頭のなかでおしゃべりしているんだ」（マウルブロン、一七八七年三月中旬）とナストにも伝えた。またイギリスの詩人エドワード＝ヤング（一六八三～一七六五）の主著『嘆き、あるいは生、死と不滅をめぐる夜の思想』（一七四二～四五、ヨハン＝アーノルト＝エーベルトの独訳『夜の思想』一七五一）も、一八世紀ドイツ文学に大きな影響を与えた。

至高の栄誉「月桂冠」　ヘルダリーンが詩「月桂冠」（Der Lorbeer　一七八八。特に第四節）でヤングの名を引用し、自身を詩人の至高の栄誉を求める孤独者にだぶらせつつ、その孤独者が深夜にこそ親しい死者たちを喚び出し、彼らと交感し、この交感から生じる霊的感動《ベガイステルング》こそ歌われるべきものとして明記したことは、第三節引用のクロップシュトックと並んでその影響下にあった受容事実を物語っている。第一～五節を示そう。

月桂冠

感謝しよう　おまえに！　おしゃべりの止《や》まない雑踏から
僕を連れ出してくれた、我が友、孤独よ！
こうして僕は炎の心で月桂冠　つまり栄誉を歌うのだ、
僕の心が唯一向けられている栄誉をこそ。

偉大な存在者たちよ！　あなたがたに従っていくこと――これが僕にできるだろうか？
あなたがたの後から行く若者の歌は、いつかは今よりもっと強さを獲得できるだろうか？

僕はこの路を目標に向かってまっしぐらに突き進むのがよいのだろうか、
この眼がいつも炎を燃やして向いているあの目標へと。

クロップシュトックのような詩人が寺院の会堂で
自分の神に犠牲の火を供え
口ずさむ聖歌に喜びが響き
彼の魂が震えながら天上を目指して舞い上がっていくとき——

わたしのヤングが底知れない闇の孤独のなかで
縁深い死者らを身近く集め夜を明かし、
自分の弦をこの世のものとは思えないすばらしい音で奏でようとするとき
真夜中の陶酔のためにこそ——

ああ、この無上の喜びよ！　ただ遠くにいて
彼らの歌のほとばしりにじっと耳を澄ませ、
彼らの精神の創造物を目のあたりに見るだけでも
本当だ！　この世で味える喜びのきわみだ！

この期の作品には本詩を始め、「功名心」（Der Ehrsucht　一七八八）など詩人の至高の栄誉「月桂冠」を詩題また主題に持つものが目立つが、これらをどのように読んでみても彼にとっての月桂冠は著名な詩人に成り上がるための出世欲には結びつかず、少年らしい一途な情熱で、もし可能ならそう遠くない時期に詩人の戦列に加わりたいとの希求にほかならなかった一点を我々は留意しなければならない。いつかは自分もとの希いが、これ以外に本当は生きる道はないのではないかとの見定めとなり始めた。たとえこの見定めが依然としてひとつの予感ではあっても、この希いと、しかし直ちに襲いくる自己を卑小なものと見なす気弱なためらいの振動が惹き起こす震えが振幅の度合を次第に増大させていったとき、彼の詩作は少年の詩作とは言え単なる明と暗との対照を越えて、明と暗とが常に同時にあり明と暗とが交互に中心を変換し合う、いみじくも自ら名づけた「潮のみちひき」のようなひとつの明瞭なヘルダリーンの詩作の根本特色を形造っているのである。

初めての「外国旅行」

彼はマウルブロンを去るにあたり、この期のほとんど全ての詩作をきれいに清書して四つ折の一冊の手製詩集をつくった。これは『マールバッハ・クヴァルトヘフト』（Marbacher Quartheft）の名で現在シラーの生まれ故郷の町マールバッハの丘に立つシラー国立博物館（ドイツ国立文学館併設）に収蔵され、いつも「ヘルダリーン展示室」で目にすることができる。

一七八八年、学期末の六月初めの五日間（二～六日）、ヘルダリーンは生まれて初めての「外国」旅行をした。同じドイツでも、ヴュルテンベルク公国の外へと出たわけである。父方の親戚の従妹の婚約者、ヨハン＝フリードリヒ＝ブルーム（一七五九〜一八四三）の家がプファルツの首都シュパイアーにあるので、彼をそこに訪ねるのが直接の目的だ。ヘルダリーンはこの小旅行で、狭い生活圏を抜け出て、ライン河と河を取り囲む一層巨きな世界を体験した。いくつもの林や森を通り、やがてこれまで見たこともなかったライン河を彼方に見はるかす平野を一望に収める地点に立ったとき少年は、自分がひとつの無限へ連なった実感に充たされた。ひとつの無限を感受すること、それはネッカー河の何倍もあるようなライン河に接し、いくつもの河流を導き入れていることの大河自身も大海へと流れ入っている事実を、海を見たことのない高地の子ヘルダリーンが身ぶるいするような感動から直接示された水流の見出しであった。

平野と大河、河口と大海、上空に拡がる拡がり、そしてこれら一切を容れて彼方の無限へと連続する空間世界を、まだ未熟ではあっても現実のライン河を通して感受したことこそこの旅の最も大きな収穫だったと言えるだろう。もちろんブルームらと行ったハイデルベルクや、シラーの隠れ家の町オッゲルスハイム、更にマンハイム、シュパイアーなどライン河畔にいたる周辺の町々の見物も楽しかったことを、実にきちょうめんに記された日記ふうの母宛の手紙（マウルブロン、一七八八年六月一〇日頃）から我々はこまごまと知るのだが、ライン河のなかの水流との出会いこそ、河流の詩人とも言われる詩人の最初のひとつの重要な布石となったのである。あの明と暗に、今度は広と狭が彼の詩作空間の構造要素に加わった。彼がハイデルベルクを初めて訪れていることも銘記しておこう。このときの少年ヘルダリーンには思いもよらなかったろうが、後にいくたびか帰郷時に通過し頌歌「ハイデルベルク」（一一九頁参照）で、「風光の最も美しい町よ、わたしの見たなかでも」の詩句を呼び与えたハイデルベルクに、我々はまた会うことになるからである。

テュービンゲン時代

テュービンゲン大学入学　一七八八年シュヴァーベン一帯に秋冷の気配がたちこめる一〇月、ヘルダリーンはテュービンゲン大学神学校《シュティフト》（以下シュティフトと記す）に入学した。シュティフトは、オイゲーン大公の意向下に公国の宗教局が直接管理する新教の牧師養成所とは言え、選ばれた進学者らがここで非常に高いレベルの学芸の知識も身につけた牧師の養成を目指していたことで知られており、学的な寮の性格を持った大学の学部相当の共同研究施設にあたる。実際シュティフトは、ヨハネス＝ケプラー（一五七一～一六三〇）、ヨハン＝アルブレヒト＝ベンゲル（一六八七～一七五二）、フリードリヒ＝ハウク（一七六一～一八二九）、ヘーゲル、シェリング、メーリケ、フリードリヒ＝テーオドール＝フィッシャー（一八〇七～八七）、ダーフィト＝フリードリヒ＝シュトラウス（一八〇八～七四）など牧師職以外の分野でも世界文化史上に名を残す人物達を輩出してきたのである。ヘルダリーンと同期の約三〇名の入学者には、シュトゥットガルトのギムナジウム出身のゲオルク＝ヴィルヘルム＝フリードリヒ＝ヘーゲル（一七七〇～一八三一）がおり、まもなく早熟の天才の声が高かったフリードリヒ＝ヴィルヘルム＝ヨーゼフ＝フォン＝シェリング（一七七五～一八五六）が、特別進級者として彼らの同年次生に加わることになる。ヘルダリーン

シュティフト　1830年ごろ，銅版画

は少し年長のルードルフ＝マーゲナウ（一七六七〜一八四六）、クリスティアン＝ルートヴィヒ＝ノイファー（一七六九〜一八三九）と「三つの体と一つの魂」と後にマーゲナウが呼んだ親交を結んだ。この二人が卒業後は牧師職の安定した道を行った（二人とも結局詩作を実らせなかったが、三〇年後に同じコースを経たメーリケの場合は、ちょうどヘルダリーンの母が望んでいたように両立させて、詩人としても独自の世界を遺した）のに対し、ヘーゲルとシェリングは大学教授というヘルダリーンも一度は夢見た地位に就き哲学者として大成していく。シュティフトは全寮制の性格上、職名をエーフォルスと呼ばれた寮監長で、著名な東洋学者クリスティアン＝フリードリヒ＝シュヌラー（一七四二〜一八二二）を筆頭に、六人の補習教師《レペテント》が生活を共にしながら、学生のこまごました相談に乗ったりする重要な役割を受け持っていた。その中の一人カール＝フィリップ＝コンツ（一七六二〜一八二七）は、ヘルダリーンの詩人性を高く評価し、常に励ましつづけた人である。

　最初の試験では天文学と礼儀、ギリシア語が「優秀」の評価をもらった。天文学への関心は最初の二年の一般教養の習得期間に特に深められたと見て間違いなく、我々は彼の小説『ヒュペーリオン』（ただしテュービンゲン期の起稿草稿は消失）や詩作だけではなく、彼の歩む歩みそのものを天体‐宇宙内に位置づけようとした痕跡を認めることができるだろう。

フランス革命の影響

一七八九年七月、隣国フランスで、世に言うフランス革命が勃発した。ルイ王朝を倒したこの革命が自由・平等・博愛を至上のイデーとして掲げ、人間の基本の生存の権利を宣言した世界史的意味を持つ一大事件であったことは今日では誰もが知っている。我々のヘルダリーンはどうだったのだろう。直接に両者を結びつける一次資料は極度に少ない。しかしながらこの革命がそれほど大きな影響力を持った変革であるなら、隣国に生きる詩人も無縁のままではいられなかったはずだ。特に革命を貫く個人の自由の問題は、ヘルダリーンにすでに潜在し幼少期を通じて育まれてきていた個の存在の意味への更に徹底した問いへと彼を導いていった。個の存在を問うとは自分が詩作をする一個の人間にほかならない事実を鋭く自覚することであり、これを無理な力で故意に妨げようとするものと拮抗《きっこう》する行為を意味しよう。つまり革命はまず何よりも一人の詩人の出発への促しを一層鞏固《きょうこ》にし、個を更に個として働かせる自覚を一層深める結果をもたらしたのである。そしてこの個はひとり切り離された状態で自己主張の叫びをあげるのではなく、絶えず全体との関連、個と全体との同時関連というきわめて重い哲学上の課題に直接連なる性格を帯びるものであったのだ。事実、彼はこの頃より部分と全体との不離の関連を合一哲学への志向のなかで表現し始めてもいる。

ただこのとき忘れてならないことは、ヘルダリーンもその一人であるドイツ側が革命の理念の理想性をあまりに正面から受け取りすぎ、その理想性の背後にがっちりと居座っていた神の絶対性とその守護体制の温存は見抜けなかった事実である。我々も旧来の神概念からの解放があってこそ人間解放もなされたはずと考えたいのだが、同様の思い込みがドイツ側にも認められるということだ。その神を真っ先に重んずべき立場の中心にいる者らが、その打倒運動を真剣に考えていたところに苦しい矛盾がひそんでいたのである。ヘルダリーンはヘーゲルのように「神の国を！」とは叫ばなかったものの、もっと深くもっと徹底してこの解放の喜びの興奮をシラー譲りの讃歌《ヒュムネ》で歌っていた。彼の熱烈な解放の歌は、多くの硬直性を持ちつつもひとつの立派な革命詩群であったと言えるのだ。フランスでは、革命の夢は夢として事後に当然生じる軋轢《あつれき》を除去しつつ妥協的な現実路線へと進むなかで、ドイツ、それもテュービンゲンでは、ヘルダリーンを筆頭とするその理想性への過激な讃美が先行した。これを私は彼の、彼らの至純な詩魂故の美しき誤解と呼びたい。美しき誤解こそ誤解は誤解のままに、革命受容の純粋性とその純粋性をかえって生ましめたもの、ドイツの封建体制の諸欠陥が、彼らの受容の鏡のなかに完膚《かんぷ》なきまでに映し出されていったのであった。最高の牧師職に巣立っていくはずのひとりの若者が、その神を守りその神に守護されている絶対体制に正面から立ち向かおうとしていたのだ。

古代ギリシア文学の把握とカント学習

一七九〇年は二年の教養課程を終えるシュティフト生として、マギスターの学位を得た年としても記憶されるべきであろう。対象論文《スペキミナ》は、ヨハン＝ヨーアヒム＝ヴィンケルマン（一七一八～六八）の影響下にかねて畏敬するピンダロスを「詩の結晶体」と規定した「ギリシア人の芸術の歴史」および「ソロモンの箴言とヘシオドスの《仕事と日々》間の類例試論」の二篇であり、口頭試問にも同年中に合格した。二論文とも比較的短いものだが、いずれも古代ギリシアの文学と芸術への深い愛情に基づく確実な基礎理論の上に自分の属する近代との対比を行ったもので、古代ギリシアを発見し、そこに近代への復元＝再興モデルを認めたヴィンケルマンによりつつも、ギリシアの一面のみを称揚し最終モデルとしないヘルダリーンのギリシア把握の基本態度が早くもうかがわれ、これが特に古代ギリシアとの関連で最後まで重要な文学視点となっていったことは覚えておこう。

更に哲学について一言すれば、シュティフトにみなぎるカント熱にヘルダリーンも巻き込まれ、自身もカントに意欲的に取り組んだと見てよい。そこには一種の熱愛とも名づけられる情熱が認められ、「長老会《アルダーマン》」を結成してクロップシュトックや自作詩を朗読し合ったノイファーやマーゲナウをも巻き込んだ。しかしやはり彼らよりもヘーゲルが、ヘルダリーンと共にカント思想の先駆的な意味を正しく見抜いていた。彼らがカントに注目したのはただ緻密な哲学理論に魅せられたためではなく、対象を厳格に捉える際の判断に加えられる批判力を認知したからである。カント哲学の批《クリ》判性《ティーク》のイデーは、大公の権力体制と、何よりも彼ら自身が属し疑いをさしはさむことが許されないまま守護すべきものとされたキリスト教の正統性の持つ度し難い権威的な教条主義《オルトドクシー》への批判となって働いたのであった。

　イマーヌエール＝カント（一七二四〜一八〇四）を筆頭に、ゴットフリート＝ヴィルヘルム＝ライプニッツ（一六四六〜一七一六）、フリードリヒ＝ハインリヒ＝ヤコービ（一七四三〜一八一九）、バールフ＝デ＝スピノザ（一六三二〜七七）が連鎖のように迎えられ、個と全体を根底から問い抜きたい彼らの精神形成の中核部に厳しくくさびを打ち込んでいく。時代の思想潮流のただなかにいたとは言え、やはりカントの批判哲学はそれほど偉大で圧倒的な説得力を持っていた。だがそれにも増してヤコービとスピノザをめぐって展開された宇宙的世界観がヘルダリーンを一層深く捉えてしまった思想事実は、我々の予想をはるかに越えた浸透度を帯びていたのである。すなわちヘルダリーンはカント学習と並んで、この年のおしつまった頃、ヤコービの『スピノザ説について　モーゼス＝メンデルスゾーン氏宛書簡』（一七八五）に触れ、ヤコービによって解読された汎神論に強い共感を覚え、神即自然が一にして全のイデーに集約されていくスピノザの神把握の影響の刻印を記し始めた。しかもこのイデーはドイツ観念論的に自己を中心に主観に結びつくよりも、その自己を包み容れる自己を超えた客体としての巨きな存在、窮極の、宇宙的な神のようなもの、つまり自然そのものを捉えていこうとしたところに、更にカントを越えてシェリングと共に同一哲学の傾向に近づく気配が強まっていくことになるのである。

「自由への讃歌」

カント思想が受容されていったこれら全過程を証明するように、詩神ミューゼ、調和《ハルモニー》の女神、友情、人類、美、自由、愛、青春、果敢さの霊、ギリシアの精霊《ゲーニウス》などに寄せるテュービンゲン讃歌群が産み出されたことはやはり注目に値しよう。南ドイツを中心に根付いていた敬虔主義や時代に即して変質してこざるを得なかったキリスト教自身の世俗化の進行は、ギリシアに源を持つ頌歌、讃歌の多様性をもたらしていた。クロップシュトックはその多様性の卓越した開花例であり、シラーがこれを美的、理想主義的に捉えたが、我々のヘルダリーンは、特にシラーの「ギリシアの神々」（一七八八）を詩型範例とする定型脚韻詩によってこれら美的イデーの讃美を試行したことになる。それまでの個が堅い殻を破り新しい個を創るための最初の一歩に向けて、まず一挙に拡大された世界に結びつくあれらの抽象性に富む対象概念をクロップシュトック、シラー、カントの文学、美学思想の直接の影響下に記し歌い始めたということである。ヘルダリーン自身のギリシアの神々が前面に現れ、ヤコービから沸騰した、全一の自然と自己を非分離なものとして照応させる汎神論的視界が徐々に自明になってきた。その最も大きな根底内容を形づくったのが合一哲学思想にほかならず、讃歌の直接対象となったあれらの諸イデーが循環的に展開する。個とその個を取り巻く世界との融合－調和の問題が、同時代の問題意識下に追究されたのであった。いかにして個の尊厳を自ら喪失したり、他か

フリードリヒ＝シラー
ルドヴィーケ＝ズィマノヴィツ画，1793年，パステル画

ら略奪されたりせずに世界と一致できるのか？　すなわちウトピー＝目指されるべき理想としての調和の可能性が、最重要の思想の問題として問い質され始めたのだ。自己解消を前提にしないこの世界との調和の問題に彼が真正面から立ち向かい、その対決内容を詩作、それも讃歌で歌い始めたという事実こそ、シラーの模倣の目立つ未熟な諸点を認めた上で、なお他の詩人達とは異なる調和把握をひとつの最も重い差異として彼が我々に示し始めたことを意味するだろう。フランス革命の自由を正面から問うた、これらの諸讃歌のひとつ「自由への讃歌」（Hymne an die Freiheit　一七九一～九二　同題名の前作〔一七九〇〕がある）の第一節を示そう。

無上の喜びをわたしは冥界の城門のところで歌いたい、
そして　影たちに陶酔の意味を教えたいのだ、
何故なら　わたしは見たからだ、幾千人もの人々の前に選び出され
わたしの女神が全身に神々しさをみなぎらせて顕れ出たのを。
おぼろな夜のあと　あざやかな紅色の耀きにつつまれて
水先案内人がひろがる大海を見渡すように、
至福な者らが楽土《エリュージウム》の森を見るように
わたしは驚嘆して見つめるのだ　おまえを　愛する奇蹟よ！

自由の国と自由の問題

一七九一年、ヘルダリーンは復活祭《オスターン》の休暇に友人クリスティアン＝フリードリヒ＝ヒラー（一七六九〜一八一七）、フリードリヒ＝アウグスト＝メミンガー（一七七〇〜没年不詳）とスイスに出かけた。ライン河を上流まで遡り、フィーアヴァルト‐シュテッテン湖などアルプスの自然に圧倒されたのはむろんだが、いまのヘルダリーンの眼は、この山地の国に生き自国への誇りを圧制との不断の闘いを通して獲得した国民へとそそがれた。自ら犠牲で購《あがな》い取った自由へと。同行者のヒラーに献じた詩「シュヴィーツ州」（Kanton Schweiz 一七九二）には「自由な泉《クヴェレ》」から産まれた「神的な自由の国」スイスへの畏敬が脈打ち、未知の国への小旅行の体験が息づいている。

自由をめぐってヘルダリーンとの関連で逸することのできない人物は、シラーの『群盗』にも影響を与えた『人間の心情の歴史のために』（一七七五）の著者、憂国の詩人で自由の闘士にふさわしいシューバルトだろう（五五頁参照）。燃えたぎる反権力の言動がオイゲーン公の逆鱗に触れ、一〇年間も独裁専制のシンボルとして悪評高いホーエンアスペルク城に軟禁状態に置かれて、ヘルダリーンがノイファーらとシュトゥットガルトに訪ねたときは二年前にようやく出獄したばかりだった。また南ドイツの地でフランス革命の理念の言語による啓蒙化を志し、ヘルダリーンの詩人デビュー（「調和の女神への讃歌」Hymne an die Göttin der Harmonie　一七九〇〜九一、などで初の印刷公刊）のために主宰する『一七九二年版・詩神《ムーゼン》年鑑《アルマナハ》』の誌面を提供したゴットホルト＝フリードリヒ＝シュトイドリーン（一七五八〜九八）もいる。ヘルダーを加えてもよいが、シュヴァーベン圏のシラー、シューバルト、シュトイドリーンの三人こそ、ヘルダリーンの詩精神との関連のなかで自由の理念がドイツの地に開花することを待ち望んだ先導的な詩人達だった。なかでもシュトイドリーンは、ヘルダリーンに対しシラーのように威圧する存在感で支配下に置くのではなく、一貫して温かさと親密さ、ひたむきに信頼しつづける精神で接してくれた兄のような存在だった。この詩的革命家は、その資性の危うさの深まりの果てに最後にはギリシアへの理想をヘルダリーンに託し投げたまま、依然としてみじめな祖国《ドイツ》の地のライン河に入水していった。

自由の問題は、たとえ「美しき誤解」から出ているとは言え、翌一七九二年二月のオーストリア・プロイセンの対仏同盟、四月フランス、オーストリアに宣戦布告の事態下での切迫した革命後のフランスに寄せるヘルダリーンの熱い共感の問題でもある。それは、「王侯権力《ゲヴァルト》の乱用」に頼るオーストリア・プロイセン軍対「人間の権利の擁護者」フランス軍と規定したヘルダリーンの両者の把握図式に明らかに示されている。

オイゲーン大公統治下のヴュルテンベルク公国はフランス内に飛び領国メンペルガールを所有していたが、テュービンゲンとは地理的に近いこともあり、シュティフトに革命思想に影響されていた同国人の留学生が居合わせたとしても不思議ではない。フランツ＝カール＝レーオポルト＝フォン＝ゼッケンドルフ（一七七五〜一八〇九）はその一人で、後年ヘルダリーンとは詩人と出版人の関係で引き続き出会いの縁を深めることになる（「パンと葡萄酒」第一節など数篇のヘルダリーン詩を収載した一八〇七年および一八〇八年版年刊詩集『詩神《ムーゼン》年鑑《アルマナハ》』の刊行者。一一七頁、二一三頁参照）。ヘーゲルも秘密結社に連なる「堕落した共和主義者」とまで名指されるほど彼らとの隠れた交際がうさわされ、ヘルダリーンも彼らほど顕著ではなかったし実証も出来ないが、ヘーゲルと並んで周辺シンパの一人と言われても仕方ない言動が瞬発的に見られたであろう。

ヘルダー、ジャン＝ジャック＝ルソー（一七一二～七八）、プラトン（前四二八～前三四九）、ヤコービの『スピノザ教説書簡』、同じくヤコービの思想を強く打ち出した『ヴォルデマル・友情と愛・断片』（一七七七～八一）、書簡体小説『エードゥアルト＝アルヴィル文書・断片』（一七七五～九二）、テーオドール＝ゴットリープ＝フォン＝ヒッペル（一七四一～九六）の小説『上昇線に向かう生命の道』（一七七八～八一）など、ヘーゲルとの読書研究が彼の自由についての考察を更に個的に生命あるものとしたことは疑いない。こうして一層鞏固《きょうこ》にされてきた彼の自由思想は、同年パリで起こった「九月殺戮」を発端とするジロンド党衰退への危機感に繋がり、翌九三年七月一四日の記念日にはテュービンゲンの地に「自由の樹《フライハイツ－バウム》」を植えてヘーゲル、シェリングらと共々祝い、ジロンド派ジャック＝ピエール＝ブリソー（一七五四～九三）追放とギロチン処刑という残忍きわまる極刑への激烈な抗議の肉声と連合していくのだ。貧しいギリシアの独立をめぐるヘルダリーンの唯一の小説『ヒュペーリオン』が、たとえテュービンゲン期の草稿は消失したとは言え、このようなヘルダリーン自身の自由思想を徹底して深化させようとしていた時期に産まれ始めていたことは、それ故最も重い文学の必然であったと言えよう。

シュティフトへの介入

自分の国民を外国の傭兵に売りとばすなど非常に専制的な政治を行ったオイゲーン大公がかねて異常なまでに教育熱心だったことは、公国の官吏や軍人養成機関としてシラーも通ったカール学院への密接な接触ぶりからも十分うかがわれた。その学院が一応整備されたのを見届けるかのように、同様の熱心さで今度は公国の地区教会を担う専任牧師養成所としての最高機関《シュティフト》に目を向けたとしても、入学宣誓書の発行者で監理責任者の彼の立場からすれば当然だった。シュティフト生側でも公国や親の方針に忠実に従って公国お墨付きの幹部牧師となり神の教えを説きつつ名を高めることは最も安定した身分保証に直結するわけで、これに進んで応えようとする者が多数いたとしても少しも不思議ではない。

　しかし一七八九年、したがってヘルダリーン入学の翌年から始まった新学則制定をめぐるシュティフトへの介入の仕方はあまりに性急に過ぎ、シュティフトの自主性をあまりに見くびりすぎていた。さすがにシュティフトは、彼がカール学院で私兵を養成するように自分の好みの色に染め上げるわけにはいかなかったのである。シュティフトは彼の直接介入が始まるずっと以前からこのときまでに、一六世紀以来三〇〇年近くにわたり聖職養成に必須の神学だけではなく、広く人文分野で古典や時代精神を本格的に採り入れ積極的な自主性も備えた学問世界を築き上げてきていた歴史を有するからであり、この学的伝統を受容し得る能力を持つ生徒らが国家試験受験有資格者としての牧師養成の前提に厳しく条件づけられつつも入学してきていたからである。そして黙々と神学を中心とする課業にいそしむかに見えた彼らを、時代精神としてのフランス革命が嵐のように直撃したのであった。いわばシュティフトとシュティフト生に向かって、二つの強大な力が土足のまま入り込んだことになろう。一方はシュティフトをも宗教と教育から手中に収める最高権力として、一方は他国の潮流ながら人間の精神の改革により、シュティフトとシュティフト生にひとつの決断を迫ったと言えるのではないか。学則改訂による強力な締めつけを、管理責任者シュヌラーを中心とするシュティフト側の賢明さと思慮深さで何とか切り抜けることでオイゲーン大公の勝利のように演出しながらも、シュティフト生らの精神の革新を求める声はもはや止めようがなかった。ヘルダリーンはまさしくその声の筆頭であり、ヘーゲルもまた例外ではなかったのだ。

　こうして入学して五年目の一七九三年となり、ヘルダリーンは六月から続いた卒業試験の、新学則‐規約下での最終試験に合格し、またシュトゥットガルトの公国宗教局による国家試験にも合格した。これをもってシュティフト生の果たすべき公的義務は全て終了したことになる。しかし詩人としてのヘルダリーンはどうか？

　彼は試験を平静に受けつつも、この最後の年になってもまだ「神学というガレー船でため息をつかねばならない足かせ」（テュービンゲン、一七九三年八月中旬、弟カール宛）への嫌悪をはっきりと言明し、その「足かせ」が公国の専制主義体制とこれを統《す》べるオイゲーン大公に結びつき、しかもオイゲーン大公自身によるシュティフト規約改正への直接介入によるシュティフト生への自由の締めつけの実体をいまやはっきりと見抜き、自由を犯すものとの持続的な闘いをあらためて強く自覚するのだった。この自覚から同じ手紙で、例えばオランダの思想家でプラトン研究者としても著名なフランス＝ヘムステルホイス（一七二一〜九〇）の『哲学著作集』（一七八二）を勧め、ニコロ＝マキアヴェリ（一四六九〜一五二七）の『君主論』（一五三二）を批判的に見ようとする態度の必要性を弟に説き、更に弟に宛てて同年九月中旬に、「来たるべき時代の人類では自由が現代のような専制主義に代わり、温かみのある血の通った人間の誇りが栄えねばならないし、これこそ僕の唯一の目標だ。そしていまこの時代でこそ、せめて芽だけでもよいから本来の成熟のためにまずこの芽を発芽させること」の発言が生まれたのである。そしてこの発言に歩調を合わせるように、オイゲーン大公が一〇月に死去した。

本当の理解者シュトイドリーン　シュトイドリーン（六九頁参照）は、自分が発刊を計画していた雑誌（実現せず）のために、ヘルダリーンから寄せられた「ヒュペーリオン稿」（消失稿）を読み、言語リズムの美しさと叙述内容の生命性に感嘆したが、時代精神とりわけ自由の共和精神を更にこれに盛り込むよう進言した。彼は助言だけではなく、ヘルダリーンをシラーの友人シャルロッテ＝フォン＝カルプ（一七六一〜一八四三）の子息フリッツ（一七八四〜一八五二）の家庭教師《ホーフマイスター》として適任である旨シラーに推薦し、斡旋の労を取ってくれるよう懇願してこの要請を受け入れさせた。シラーも偉大だが、シュトイドリーンこそヘルダリーンにとって彼の詩人天性を理解しただけではなく、前述のように詩の公刊に努め実質上の就職の世話まで行った本当の理解者であった。シュトイドリーンはヘルダリーンのなかに、遅れてきた自分自身を見ていたのだろう。ヘルダリーンの詩人性を決して否定し去ってはならないもの、つまり被害妄想にも取り違えられやすい、そのあまりに繊細で純粋な詩人性を、決して一時の火花のような若気の至りの高まりとしてだけで断罪せず、同時代の誰にも増して比類なきものをこの青年が秘めておりその未知性を可能な限り引き出し公にしていくことを自らの詩人使命とすら感じていたのではなかったか。青年ヘルダリーンへのこの捉えかたは、ゲーテはもとよりシラーすらなし得なかったものだ。シラーとほとんど同等の人物と強調できるのは、ヘルダリーンへのこのような本質的で人間的な励ましをシュトイドリーンが本当に実践していたからにほかならない。果敢な詩精神に捧げる「果敢の霊に寄せる　讃歌」(Dem Genius der Kühnheit Eine Hymne　一七九三)が創られたのは、このときであった。

出発意志の表現「運命」

そのシュトイドリーンに献じた詩「ギリシア」(Griechenland An St.　一七九三〜九四)も忘れ難いが、シュティフト卒業前後のもうひとつ見落とせない詩に「運命」(Das Schiksaal　一七九三〜九四)がある。特にこの詩の四行（第一一節前半）はテュービンゲンの彼の墓の墓碑銘にもカール＝ゴックにより採られているが、現状打破とここからの出発への、これ以上の出発意志の表現はないであろう。

ゴットホルト＝フリードリヒ＝シュトイドリーン
フィリップ＝フリードリヒ＝ヘッチュ画，油絵

最も神聖な嵐の風圧により　崩れ落ちるがいい
わたしの牢獄の壁は、
そして　もっと耀き　もっと自由に充ちて放浪していくがいい
わたしの精神は　未知の国へと。

完璧に保証されていたはずの牧師職就任を表面上引き延ばしながら、詩人になる以外いかなるものにもなり得ないであろう自分の運命をすでに怖しいまでに正確に予感し、その予感を全身で引き受けようとしていたのでなかったなら、どうしてこの表現が彼に可能であっただろう。専攻変更を含め何度か浮上し、そのつど慰留され思いとどまった現状からの脱出の試みは挫折したのではなかったのだ。シュティフト卒業という幼少期からの既定のコースを予定通り履習し履行することによって、彼は故郷からの脱出敢行への免罪符を得た。それならば、彼は母を欺いたのか？　偽装したのか？　いずれも正しい。彼はこれからも運命の導く道を行くことを母に懇請し、懇請しつづけることで母を裏切りつづけるだろう。二人目の夫を喪ったあとも資産は残されていたとは言え、学費、生活費を出費し息子の人並みの出世をひたすら待ち望んでいた普通の母、誰がこの母を責めることができよう。しかし彼はもう歩き出している。故郷脱出が、詩人の出発そのものとなってしまったからである。「美しき誤解」と惑いの町、南ドイツの大学都市にクリスマスを迎える雪が舞い始めていた。

Ⅱ　詩人独立をめざして

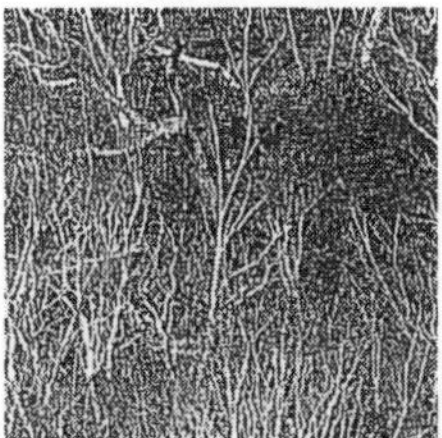

家庭教師として

フォン＝カルプ家へ

一七九三年も押しつまった厳寒の一二月二〇日、家庭教師《ホーフマイスター》先の公国圏外にあるヴァルタースハウゼンへ出発、ニュルンベルク、エアランゲン、バンベルク、コーブルクを経て二八日同地に到着した。ところがシラーの推薦を得て万事了解済みだったにもかかわらず、迎え入れる側のフォン＝カルプ家にもまだ前任者が居残っている有様で、全ては当家夫人シャルロッテ＝フォン＝カルプが旅行中で夫のハインリヒ＝フォン＝カルプ（一七五二～一八〇六）への連絡を怠っていたことによる。ヘルダリーンにも事前確認をしておかなかった不手際があり、初めての就職先での第一日目が早くも彼の一面を表すことにもなった。

ヴァルタースハウゼンは、マイニンゲンより南方へ約二五キロ、テューリンゲンの森林地帯の一角の一小村ではあったが、自分の領地内に建てられたカルプ家の館《やかた》は堂々たる建物で、見晴らしのよい小高い丘に位置していた。教え子の長男フリッツは当初は新任教師の熱意の指導によく応え、またよくなつきもしたので勉強も捗《はかど》った。フリッツへの教育義務は、午前と午後に少しずつあるにしても、その他の時間を自由に使用できることがヘルダリーンには大きな喜びだった。その自由時間に彼は、シュヴァーベンとはかなり趣の異なる森林風景に魅せられよく近隣への散歩も行った。ここで彼は初めて一人になれる自由、それも強制なき自由を実感したのである。ただ、ここでも彼を雇う雇用主フォン＝カルプ家と使用人ヘルダリーンとの主従関係から逃れきれないことは明白だった。シラーと親密な信頼関係を結んでいたフォン＝カルプ夫人は、そのシラーを経てきた人物故というだけではなく、ヘルダリーンのうちに、まず誠実すぎるほどの、しかしまた過度の繊細さと危うさの併存までも見抜ける感受性を持ち合わせていた。彼の安堵は九歳年上の夫人の、この温かい詩人理解から生まれた。三月に出先から帰ってきた夫人に、「いかにも上品だが、自由にのびやかに駆使される驚くほどの精神の活力」を認めた彼は、周囲の自然への自己解放を安んじて実行したのである。夫人にはヴィルヘルミーネ＝マリアンネ＝キルムス（一七七二〜一八四〇）というら若い未亡人が秘書として働いていた。同じ屋根の下で同居する聡明で魅力的なこの女性にヘルダリーンが、カントの新著（『たんなる理性の限界内の宗教』、一七九三）を貸与するなど、たがいに好意を持ち合い親密さを深めていったのもうなずけることである。

詩人で在りつづけるしかない　気分はだから昂揚し、シラーへの傾きを強めていた。カントやルソーの倫理感に寄せる情熱的な教育感を添え前掲の詩「運命」をシラーに送ったのは、もう初夏に入るみどりまばゆい五月半ばのことだった。シラーの「精神のこの豊饒《ほうじょう》に相対《あいたい》しますと、私などは本当に貧しい存在に過ぎないと感じてしまうだけではなく、豊かさそのものに強い関心を抱かずにはいられなくなる理由とは、一体何なのでしょう？」（シラー宛、一七九四年三月二〇日頃）とのヘルダリーンの直接の告白は、師の偉大への率直な感情表明と言えよう。その傾倒ぶりは、シラーの美学論文「優美と尊厳について」（一七九三）を評し「思想の充溢の最良のものと、感情および想像力の領域の最良のものとがひとつに溶け合っている」（ノイファー宛、一七九四年四月）の言葉からもうかがわれる。その直接の影響下にかねて起稿し進めていた『ヒュペーリオン』稿が、九月には「断片ヒュペーリオン」（Fragment von Hyperion）（以下断片稿とも略記）の題名で以下シラー自身の編集による「新タリーア」誌（Neue Thalia）に送られ発表された（それ故「タリーア断片稿」とも呼ばれる）。

彼の教育と孤独への沈潜はおよそ半年続いたが、七月が過ぎる頃には初めて得たはずの小村での生活にも翳《かげ》りが見え始めた。夫人からヘルダリーンの母親宛の、教師の熱情と大成が見込まれる詩人性への賞讃は相変わらず続いたが、見過ごせない出来事も生じている。それは一刻も早い時点での「平穏な家庭生活を営むように」との母の要請に対し、自分には「自身の本来の性格を知るっとめ」があるのだ、と正面から言い応えたことだ。この要請は年末、ニュルティンゲン近郊ネッカーハウゼンの牧師職に応募するようにとの度重なる母の懇願と同一であり、ヘルダリーンは、牧師職への就任は自分の性格に「やっかいきわまる不快としか言いようのない変化」をもたらすものとの、これまた同一の拒絶を繰り返している。ひょっとして「正業」には就けないまま詩を書きつづけるしかない、これから先もずっと母に依存し母に寄食していくしかない、つまり詩人で在りつづけるしかない裸の自分が、故郷を出発したことで一層見え始めてしまったのである。彼の悲劇のひとつは、このように詩人存在への純粋意志の深まりが母への依存度とぴったりと寄り添いつつ、実に正確に最後まで比例していったことにある、と明言できるのだ。

夏の終わりにはロベスピエール（一七五八〜九四）の最後の報に接し、「まず人間性と平和という二つの天使に来てもらうのだ。そうすれば人類の事柄があまねく栄えることになろう」と弟宛にきっぱりと言い放っている（同年八月二一日付）のは、フランス革命の推移に絶えず目を光らせているヘルダリーンの観察態度を髣髴《ほうふつ》させ、何にも増して人間的なものと平和をあの革命のイデーの延長上に見据えていた確かな詩人視点をあらためて確認できよう。

イェーナへ

ヘルダリーン自身の孤独生活も閉塞性が強まるにつれ、ここからの脱出がまたも焦眉の問題となった。教え子フリッツの教育も当初の、シラーに告白したようなルソー＝カント的な教育観に基づく理想は徒労による無力感に変わり、それはほとんど絶望感と名づけてもよいものだった。シャルロッテは、一般から見れば失敗に近づきつつある教師失格も、誠実のあまり陥らざるを得ない彼の絶えざる緊張地獄から出ていることを正確に理解していた。彼女は我が子の並以下の能力と生得の強情で我儘《わがまま》な性格こそが、その頻度のひどさの故にヘルダリーンを昼夜を置かず張り番までさせた手淫《オナニー》の習慣にも増して繊細な彼を一層悩ませる主因となっていることを正確に知ったからこそ、「埋め合わせ」として一一月初めに二人をイェーナに行かせたと見る方が正しい。

イェーナには、まずシラーがいた。シラーはイェーナ大学歴史学教授の仕事と同時に、次々に新

ヨハン＝ゴットリープ＝フィヒテ　フリードリヒ＝ヴィルヘルム＝ボリンガー画，石版画

しい雑誌を主宰し、自ら編集しつつ著述を通しドイツ文学界の新潮流でありたいとする意欲に燃えていた時期であった。ヘルダリーンは移った直後のイェーナの印象をノイファーに詳しく伝えた（同年一一月付）が、このなかでシラーの他にもイェーナを代表する人物たちが畏敬の対象だったことがわかる。その一人、哲学者ヨハン＝ゴットリープ＝フィヒテ（一七六二〜一八一四）は、激動する時代を写す鏡のように光っていた。早速聴講し始めた教授フィヒテを、ヘルダリーンはノイファーに宛ててこう語る。

「フィヒテは現在、イェーナの魂と言いきっても言いすぎじゃない。それが事実だからだ。僕の知る人で、精神のこれほどの深みとエネルギーの所有者はいない。人間の知識の最も隔てられた領域で、知識の諸原理を探し出し決定すること、精神の同質の力を用いて、これらの諸原理およびこれらと共に正義の諸原理を考えること、暗闇の暴力にもかかわらず、これに抗してこれらの諸結果を炎のような情熱と決定力で記述し抗議すること、その情熱と決定していくその力とが見事に一体となっているすばらしさは、この眼前の実例がなかったら、僕のような貧しい者は解答できない問題としてしか現れなかっただろう」。フィヒテがヘルダリーンに、いかに強烈な印象を与えたかが彼らしい筆致で的確に描き出されている。

ところが同じ手紙の後半で彼は、最初のシラー家訪問で起こった、実に我々の興味をそそるひとつの出来事を報じるのだ。シラーとばかり話していたある立派な風采の見知らぬ紳士を、ヘルダリーンは完全に無視した。その人は無愛想に押し黙ったまま、ちょうど出たばかりのシラーの雑誌「新タリーア」に発表の「断片ヒュペーリオン」をパラパラとめくっていた。「僕は次第に顔が赤くなったように思った」。何しろその日の晩のうちに彼は耳にしたのだ。あのゲーテが、同日の午後シラー宅を訪れていたことを。いかにもヘルダリーンらしいと言ってしまえば話は簡単だが、我々はこの実話を聞き、ああやはりと安心するような安堵と、せっかくの千載一遇の好機《チャンス》を眼前にしてもう少し何とかならなかったのかというある種のもどかしさを感じても不思議ではないだろう。それは何げない日常のこうした出来事のひとこまに、その詩人の存在がほとんど全て顕《あらわ》になってしまうことが起こり得ることを我々が熟知しており、この詩人にそれが現実に生じていた事実を知ったときの、何とも言い表し難い感情に襲われてしまうのも不思議ではないということなのだ。

ゲーテとシラー

シラーと並び、ヴァイマル公国の内閣主席も立派に務めながら文才を欲しいままにしていたゲーテは、シラーとの間では互いの存在の巨きさ故に一時自説を固持して譲らぬ反目状態も見られたが、やがて自分の立場は守りつつも相手の独自性を重んじ高め合う相互の創造的関係へと変わっていた。ヘルダリーンは、ゲーテとはシャルロッテやフリッツと共に一ヵ月ほど移り住んだヴァイマルでも訪ねて会ったが、実りある語らいに進展することはなかった。彼もゲーテについて、「落ちついて、眼光にたたえられた威厳と慈愛のようなもの……善良な父親を目のあたりにするような」印象を記したに止《とど》まった。自分の世界を拡げることに夢中だったこの詩人・政治家はシラーは許容しても、ギリシアやカントにかぶれ、情熱の赴くままに過剰な表現を用いて冗慢で思弁性に流れる人間描写に乏しい作品を書き、その発表の場を牧師就任を拒否した代わりの就職と抱き合せで必死に求めている哀れな変わり者にすぎなかった。要するにゲーテは、ヘルダリーンを無視したのである。

それに較べ、シラーはゲーテとは異なっていた。その異なりようは、シャルロッテという伴侶にも等しかった女性の子息の教育を任したことや同郷の出身などよく言われる理由だけからではない。シラーはヘルダリーンの詩作や直接本人に接して得た印象から、たしかにゲーテの観方の一面はあたっているにしてもそれはあくまで一面であって、この青年にはある言い表し難い詩作表現への純粋意志が存在し、ただその意志が最初の本格的な突破の見えないままもだえ苦しんでいるのを見ていた。そして詩人資性の一点においてかつての自分と共通するものを数多く持っていることを見抜き、それを何とか公への発表に向けて具体的に手助けしようと努めた。シラーは更に主宰詩誌へのヘルダリーンの積極的な寄稿を求めたし、何よりもイェーナでこそまとまっていった『ヒュペーリオン』の出版社コッタまで紹介したのだから、やはりこれは庇護を越えた励ましと言うべきである。いかにシラーがヘルダリーンを高く評価しようと努めたか、その類《たぐい》まれな才能の開花のために行った現実的な努力について我々はもっとシラーにこの面での評価を与えてよいと考える。

『ヒュペーリオン』の改稿

ここで我々は特にこの期に詩作を押しのけるように集中して書き継がれた小説『ヒュペーリオン』の成立内容を知る必要があろう。第二稿ではあっても現存する初公刊「断片稿」で見落とせないのは、まず「その女性」と名指され、やがてメリーテの名で登場する人物だ。まだ存在性には著しく欠けるが、注目すべき理由はこの女性こそ最終稿で決定的な役割を帯びて姿を現すディオーティマの前身だからである。『ヒュペーリオン』は「断片稿」に続き、散文の序の付いた韻文で綴られた第三稿「韻文稿」(Die metrische Fassung)が書かれ、「断片稿」の書簡体は放棄される。更にシラーの推薦でコッタ社に紹介されたものの結局日の目を見なかった清書稿で第四稿「ヒュペーリオンの青年時代」(Hyperions Jugend)では、イェーナで出会ったフィヒテの影響の跡も生《なま》々しい人間の自我と自然との対決の問題が、「韻文稿」と同様に書簡体を用いずに一層わかりやすく深められて叙述されている。だが人間と自然の分裂をめぐって、フィヒテの自我優位による強烈な主張との闘いはうかがわれるにしても、その克服に向けてのヘルダリーンの言葉にはまだ硬さが残り、この問題を登場人物に語らせたものの、小説ともエッセイともつかない内容がコッタ社の出版をにぶらせたものと考えられる。

その反省の上に「最終前稿」(Die vorletzte Fassung)がまとめられたのは一七九五年の秋から冬にかけてで、再び書簡体に戻りようやく本来目指した小説の体裁が整ってきた。ヘルダリーンが印刷化を期して送った原稿は分量が多過ぎる理由で再考を求められ、彼は今度こその気持ちを込めてコッタ社の希望にも添うべく短縮化を試み、全ての力をこの一作に集中していった。詩作がほとんどなされなかったのはそのためであり、重要な二つのことを同時には行えない詩人資性から見ても納得できる。最終巻は結局全二巻にまとめられ、フランクフルト期に第一巻が、ホンブルク期に第二巻がそれぞれ刊行されたのである。

　フリッツとの師弟関係は、夫人の賢明な取りなしが効を奏する形で一七九六年一月末に正式解消となった。夫人からは三ヵ月分の給料と、ヘルダリーンの後見役への切望を伝えるシラー宛の挨拶が添えられた。世間より見るならば、彼の家庭教師《ホーフマイスター》は明らかに失敗に終わったのだ。

ヘルダリーンの思想形式

　ここでヘルダリーンの思想形式の中心に我々の眼を向けるとき、やはりカントの継続的研究を挙げねばならない。倫理性《ズイットリヒカイト》と感覚という人間には免れるすべのない矛盾に直面したとき、本能のままに生きる動物と同次元に陥らないための倫理性の優位の道徳律に基づくカントの思想は、フランス革命の洗礼を浴びてしまった九〇年代の同時代の現実の要請には、もはやかならずしもつねに応え得るものではなかった。カントによるシラーも当然ながらこの矛盾を克服するために、人間の二大衝動の調和を遊戯《シュピール》に求め、人間と自然の対立の宥和をはかろうとしたのもまた必然であった。

　フィヒテはしかし、その矛盾は強烈な自我の自然支配によるしか解決しないと説き、いち早くヴァルタースハウゼンで、出たばかりの『全知識学の基礎』（一七九四）を読み引き込まれるような衝撃を受けていたヘルダリーンを、イェーナ大学での講座にまで導いていく。「フィヒテはイェーナの魂」の言葉は、こうして生まれた。だがヘルダリーンが、フィヒテの自我論は自我へのあまりの固執故に、一切が自我に吸収され一切はこの内でしか生起し得ないために対象を持てず、対象を持てない自我は意識を持てないことになり、したがってその自我論は一種の独断《ドグマティスムス》論ではないかと疑うにいたったのも我々はよく了解できる。ヘルダリーンのこのようなフィヒテ理解は、テュービンゲン、ヴァルタースハウゼンからカントに平行して引きずってきたヤコービを通してのスピノザの影響下に、自身が全体そのものでありそれ故対象を持つ必要のない宇宙を統べる全一者と、フィヒテの自我とを同一視したところから生じてきたものである。フィヒテへのこの初期の誤解は、フィヒテの自我が非我との相互限定という引力 - 牽引作用がなければ成立し得ないことに気づいた時点で自ずから解消されていく。その解消の過程は、すでに挙げた「韻文稿」と「ヒュペーリオンの青年時代」で克明に辿ることができる。

この時ヘルダリーンは、フィヒテの自我と非我をめぐる相互限定の牽引作用圏を突き出たひとつの巨きな統一《アインハイト》（＝存在《ザイン》）の思想を提出することで、フィヒテを否定的に乗り超えようと試みる思想試行を企てる。それを証明するものが二〇世紀前半に発見された断片論文「判断《ウルタイル》と存在《ザイン》」（Urtheil und Seyn 一七九五年春成立 - 推定）であった。この統一《アインハイト》は原《ウル》 - 分割《タイル》されるとき初めて認識可能な全体となり、一切の存在に先行する統一という実体が考えられるに至る帰結から、カント、シラー、フィヒテらは、また仲間のヘーゲル、シェリングらは必死に求めていたあの人間の二大衝動の矛盾を徐々に乗り超えていったのである。イェーナでは同時期、ホンブルクから法律を学びに

イーザク＝フォン＝ズィンクレーア　ファヴォリン＝レーレブーアス画，1808年，油絵

来ていた、テュービンゲン以来旧知の間柄で最重要の友となるイーザク＝フォン＝ズィンクレーア（一七七五〜一八一五。以下ズィンクレーアと略記）、同じくヤーコプ＝ツヴィリング（一七七六〜一八〇九）らも、ヘルダリーンのこの思想を吸収し、少し後に自らの思想内に積極的に採り入れ展開させていく。

「追放された者」

『ヒュペーリオン』の「最終前稿」がわざわざ「前稿」の名を付して呼ばれるのは、「青年時代」で初めて登場していたディオーティマが、フィヒテのこの否定的乗り超えの媒体となった一切を統べる全体（＝統一＝存在）を現実に具現するもの、つまり美への指示性を強め最終稿成立への不可避の前提稿となっているからである。短期間ながらも実行したズィンクレーアとの共同生活がこの思想の深まりを如実に示す。「最終前稿」と歩調を合わせ、フリードリヒ＝フィリップ＝イマーヌエール＝ニートハンマー（一七六六〜一八四八）の編集発行誌「哲学雑誌」への寄稿論文「人間の美的教育に関する新書簡」（Neue Briefe über die ästhetische Erziehung des Menschen　実現に至らず）も用意し、詩人独立への布石は少なくとも良い方向に向かうかに見えたちょうどその時、彼は突如イェーナでの全生活を断つ。ひとはこの断つを「イェーナからの逃走」また「形而上学からの敗走」と呼ぶ。いまもって真因は不明のままだ。不明としか言えないのは、彼がニュルティンゲンに帰ってからシラーに宛てた二通の手紙（七月二三日付、九月四日付）にも、直接の理由内容を示唆する言葉は見当たらないからである。

凄まじい情熱で格闘したその果てに新プラトニズムにも連なる全体＝合一思想への関連づけによる統一＝存在を主題の画期的な断片論文まで書いたのに、何故ヘルダリーンはのちに「哲学は暴君だ」とまで言いきったのか？　哲学が無駄になり不用となったのではない。その証拠に彼はニュルティンゲンに帰る途中シェリングにも会い、有益な対話を重ねているし、「哲学雑誌」寄稿への決定は嘘ではなかったのだ。当代第一級の思想家達からの直接の刺激は、決して無駄で不毛だったのではない。事実は全て逆だ。本当に納得できる哲学そのものを彼は求めつづけたのであり、彼のように哲学を全身で求めつづけた詩人はおよそいなかったと言っておこう。しかし論文寄稿やシラーの雑誌編集の手伝いだけで、牧師就任を拒否するに足る生活根拠をつくれるのか？　誰が本当にそれを保証してくれるのか？　極度に減少していた詩作により詩人独立は可能か？　否！　哲学者として講師に就任は可能か？　否！　いかになりふりかまわず彼ほど哲学していた人間がいたとしても、そして思索の一部がニートハンマーの雑誌に載ることになったとしても、それだけでイェーナ大学講師は可能なのか？　もしそれに成功すれば、あるいはそのための可能性がわずかでも芽生えていたら牧師職に直結する母の要求を即座に拒絶できよう。しかしその全てが、ヘルダリーンには完全に無保証だったのだ。

後年成立した、前述の頌歌《オーデ》「ハイデルベルク」草稿では、この町を通り過ぎて母の家に帰るしかない自分を「書物と人々から追放された者」（傍点は筆者）と規定している。敗走でも脱走でもなかったのだ。あれほどの愛をそそいだ哲学について、まもなく哲学は暴君だった、その奴隷に自分はなりたくない、ギリシア文学に連なる詩人として講壇に立ち哲学の奴隷にあらざる詩を創作したいのだと言明し、シラーに理解と愛顧を物乞いとなって訴えるしかないのである。しかし、ヘルダリーンを無視したゲーテもまさしくその一人にほかならない「人々」の手で「追放された者」、この無冠の追放された者に、シラーも直ちに理解ある共感を寄せることはもうしなかった。以後一年半シラーは、どのような事情があったにせよ、ヘルダリーンの二度の懇請する手紙にも返事をせずに無視しつづける。

　イェーナからの帰途に出会ったフランクフルトの医師、誠実な心情と現状改革への燃えるような意識の持ち主、フランス革命への熱烈な讃美のあと、革命後の人間の蛮行に絶望し、のちにヘルダリーンからその絶望からこそ、ドイツでこそ必要な真の革命と新しい未来への出発を促がされ逆に励まされたヨハン＝ゴットフリート＝エーベル（一七六四〜一八三〇）の紹介で、同市の銀行家ゴンタルト家の家庭教師《ホーフマイスター》の可能性が浮上する。「私は凍《こご》えています。いまにも凍《こお》りついて死にそうです」（九月四日付）と、返事は来ないのにニュルティンゲンの母の家からシラーに訴えたヘルダリーンは、こうして牧師拒否の代償としての第二の家庭教師《ホーフマイスター》に就《つ》くために、今度もまた厳寒の一二月下旬も押しつまった年末にフランクフルトに向けて出発した。あの同じ冬が、ドイツの凍りつくような寒気が彼の前に立ちはだかっていた。

大きな希望と挫折——ディオーティマへの愛

決定的な影響を刻したズゼッテ

一七九五年も暮れようとする年末、ヘルダリーンは第二の就業先のフランクフルトに着いた。マイン河に臨むフランクフルトは、神聖ローマ帝国直属の自由都市としてヘルダリーンがかつて見たことのない大都会の活気にあふれた町であった。彼を雇い入れたゴンタルト家の当主ヤーコプ（コーブス）＝フリードリヒ＝ゴンタルト（一七六四～一八四三）は、絹織物で成した財を基に銀行業で成功し、この町を代表する富裕階級のひとりとなりその名を知られていた。彼のような、常に大きな利の動く市場に直接関わる大商人と、これを支える市民の勤勉さとから、自由都市にふさわしい町の闊達な気風と雰囲気がつくり出されていたのである。

そして年が改まった一七九六年は、ヘルダリーンにとって本当に記念すべき年となった。彼が存在の根底から揺さぶられ、哲学の抽象による武装を不必要とするほどの静かな力を湛《たた》えた人物に出会ったからである。決定的な影響の刻印を彼に消去不可能なほど深く刻み入れた人こそ、同家八歳の長男ヘンリー＝ゴンタルト（一七八七～一八一六）の母でヤーコプの妻ズゼッテ＝ゴンタルト（一七六九～一八〇二。旧姓ボルケンシュタイン）だった。

ハンザ都市ハンブルクの旧家ボルケンシュタイン家から一七歳の若さで嫁いできた彼女は、このときすでに四人の子供の母親だったが、天性としか言いようがない美貌、気品に感性を兼ね備えた女性で、絶え間ない来客の応待を始めとする家事万般を誠実に果たしながらも、銀行家夫人には避け難い日々の社交はもともと不得手であり、むしろ読書や心を許した知人らとの静かな語らいを喜びとしていた。間もなく一歳年上の夫人（以下ズゼッテと略記）のうちに、ヘルダリーンは『ヒュペーリオン』各稿で書き初《そ》めて出現を予感していた美の、現実のなかでの具現を認め、ズゼッテも弟似の、過度の純粋さの危険に晒されていたこの青年の類《たぐい》なき詩人性に驚き、これに強い関心と畏敬すら抱いたのであった。愛を自覚し始めたヘルダリーンのこの美の見出しは、ゴンタルト家での生活にも慣れた同年六月終わりか、七月初めのノイファー宛の手紙で初めて明瞭に語られる。彼の言葉を聴こう。

「……僕は本当に新しい世界で生きている。僕はこれまで何が美しく何が良いことなのか、わかっていると思い込んできた。しかしこの女性に出会って以来というもの、僕は自分の知識という知識を笑いとばしたくてならない。僕の精神がその許で何千年も留まることができるような存在がこの世にいる、本当にいるのだ。それで自然を前にしてこの存在と対座すると、僕らの思索や理解度はいかにみな子供だましのものだったかがわかってくる。愛らしさと気品、落ちつきと生《いのち》の耀き、精神と心情、容姿までもこの存在では美しくひとつに結び合わされている。僕の言葉を信じてほしい。このような出会いがあろうとは予想するのも無理だったし、これから先ももうあり得まい。僕が日常というものにどれほど苦しめられてきたか、僕が何ものにも信を置かない生きかたをしてきたか君がよく知っている通りだ。その結果僕の心が乏しくなり、救い難く貧しくなっていたかを。もし僕にこの存在が現れてこず、およそ何の値打ちもない僕の生をその暖かい春の光で若返らせ、強め、明るくし、力づけてくれなかったとしたら、僕は果たして鷲のように喜びでいっぱいの現在の僕となることができただろうか？」。

喜びを歌った「ディオーティマ」 愛のこの見出しは、ほとんど同時に創られた押韻詩「ディオーティマ」（Diotima 一七九六～九七）で率直に歌われた。全四稿のうち成立順に全三稿が残されているが、完成度の高い後稿からの二つの節と一行のみ掲げる。

ズゼッテ＝ゴンタルト ズゼッテの女友達マルガレーテ=エリーザベト=ゼメリング（旧姓グルネリウス）画，細密画

ディオーティマ！　高貴な生命！
妹よ、本当にわたしと血縁で結ばれた者！
あなたに手を差し出すずっと以前から、
わたしはあなたを識っていた。
むかし　かずかずの夢見のなかで、
明るい日射しに誘い出され、
いえの庭の樹々の下《もと》に、
うっとりとして少年のわたしが横になっていたとき、

静かな喜びと美しさを伴って
わたしの魂の五月が始まったとき、
わたしに向かってさやさやと吹き寄せてきたのだ、西風《ゼフィロス》の調べのように、
女神に等しいひと！　あなたの霊こそが。

おお　しかし、まるで伝説《いいつたえ》のように、
喜びの神がみなわたしの前から消えはててしまったとき、
天上からの日にあい対して
欠乏に苦しみつつ、わたしが盲《めしい》のように、立ちつくしていたとき、
時間の重み故にわたしの身が曲がって、
わたしのいのちが、冷たく青ざめ、
死者たちの住むもの言わぬ国を
あこがれながら崩れおちようとしていたとき、
そのときですらなお、わたしはたびたび、盲《めしい》のまま
放浪を続ける自分に、あのただ一人の女性《ひと》を、
わたしの心に抱き育みつづけたあの姿を
死者たちのなかに、あるいは　この世に見つけだそうと願ったのだ。

おお　いま　わたしはあなたを見出した。

…

（第四後稿第二～三節、四節第一行　一七九七）

ディオーティマを詩題名に持つ押韻詩は、やはりディオーティマを歌った後の頌歌のような緊迫と完成度にはまだ到達しないにしても、ヘルダリーンが喜びと言えるものを確かな手ごたえで見出したありのままの事実を生き生きと証言している。この喜びの浸透がどれほどの深部にまで及んだのか、衝撃の予想を越えた強度の激震が、喜びから見放されていたかに見えた彼の存在を根底から揺さぶり揺るがしたのであった。ディオーティマの名は、プラトンの『饗宴《シュンポシオン》』に出てくる、ソクラテスに愛の本質を教示したマンティネイアの聡明な巫女《みこ》に由来し、ヘルダリーンはズゼッテに愛の化身としてのこの至高の名を呼び与えた。ズゼッテをディオーティマ、したがって「ただひとりの女性《ひと》」と命名したからと言って青年の感情過多に帰するわけにはいかないだろう。彼はこの過多の危険を、テュービンゲン - 讃歌で経験済みだった。いまは具体として現に在るものが美自体であり、この美を本当に発見したことが彼の詩人自立の発見にも直結していった事実こそが重要なのだ。注目しなければならないのは、愛の見出しとそれによって見開かれてきた世界は、「この世のどんな権力も／いかなる神の指示も／わたしたちを切り離したりは」しない場所、つまり「そこだけがわたしの居場所」であり、「この場所でこそ私は在る」（第三中間稿）とも言明されたことだ。

最も幸福な時

キリスト教への服従をどこまでも強制する公国の宗教局や母の「命令」の追及の手も及ばないということは、故郷を限りなく出ていくことを意味する。そうして得られた「場所」にしか、自分は「在る」ことは不可能と言うのである。その「場所」は、「それを見つけだそうとして、わたしは再び、／惰眠をむさぼる小舟を降ろし／荒れ果てた港から浮かべ入れていった／紺青《こんじょう》の大海へと、―」（前掲中間稿）の件《くだり》で更にあらわとなろう。海、それも大海が、「ただひとりの女性《ひと》」との出会いの全内容に客観性と宇宙性を付与する世界としてここにその片鱗を見せ始めたことはきわめて注目に値する。大海でこそ、やがて彼自身の故郷が詩的に投影され創造されていく世界となるはずだからである。

折しもドイツ領に侵攻していたフランス軍がいよいよライン河を越えてフランクフルトに迫った戦時情勢を避けるために、ゴンタルト一家は七月初め、ヴェストファーレン地方のドリーブルク温泉に赴いた。むろん子供の教育にヘルダリーンも同行する。主人のヤーコプのみは、仕事の必要上市内にとどまった。一行はまずカッセルに着く。静かな佇まいのこの町には、ギリシア・ローマの造形美術を多数蔵するフリードリヒ美術館がある。彼は複製、本物を含め古代ギリシアの彫像に初めて触れる。その接触からくる感銘のほどを我々は十分に想像できるわけだが、このとき先導役を務めたのがすでに小説『アルディンジェロまたは至福の島々』（一七八七）で作家として名を知られていたヨハン＝ヤーコプ＝ヴィルヘルム＝ハインゼ（一七四九～一八〇三）であった。ヘルダリーンはハインゼから、小説家の博識ぶりだけではなく特に父のような温かみを感じ取り、少しあとにすでに度々触れた悲歌「パンと葡萄酒」を捧げることになる。

ドリーブルク温泉で夏を過ごしたことは、ヘルダリーンにとって何を意味したか？　それは彼が詩で、ズゼッテに至高の名ディオーティマを贈った出会いの喜びが、ズゼッテとの語らいの深まりからそのつど確かめられ、その喜びが今度は彼女からの愛の手ごたえのなかで確実に感じ取られたことを意味する。すなわち二人が教え子の母と家庭教師だけではなく、むしろ詩人とひとりの女性という一組の人間どうしが愛により切実さの度合を一層深めたのであった。九月半ばには、ヘルダリーンを誰よりも理解し励ましつづけてきたシュトイドリーンがライン河に身を投じた（七〇頁参照）。しかしこの悲報にもかかわらず翌一七九七年春までの期間こそは、ヘルダリーンの生涯のなかで多分間違いなく最も幸福な時だったと言ってよいだろう。教え子《ヘンリー》の教育を始め、ゴンタルト家での人間関係にもまだこれという破綻が認められず、何よりもズゼッテとの愛が充実していたからである。

春には、まず積年の結晶『ヒュペーリオン』の第一巻がコッタからようやく刊行された（第二巻は一七九九年秋）。恋人名も他の名称を借用する必要はもはやなく、ディオーティマのみで登場し、主人公ヒュペーリオンと運命の出会いと悲劇的な別離を体験する女性として描かれる。この最終稿のディオーティマこそ、明確にズゼッテ自身にほかならない。彼女のヒュペーリオンへの愛の告白や言動の息づかい、更に主人公との別離をめぐって展開する言葉の至純な重みは、特に第二巻から集約的に読み取られよう。この期に実際に進行した愛の成熟こそがヒュペーリオンの魂の恋人にふさわしい、血の通った実在性そのもののディオーティマを産み出したのだと言いきってよい。

ヘーゲル、シェリングとの交流　ここで学友ヘーゲル、シェリングとの交流に触れよう。ヘーゲルはベルンよりヘルダリーンの紹介でフランクフルトの、ゴンタルト家の親戚ゴーゲル家に家庭教師に就く。彼はすでにヘルダリーンに宛てた献呈詩「エレウシス」（Eleusis　一七九六）で、ヘルダリーンへの信頼を一層深めた。ヘーゲルはベルン時代のカント（カントの道徳律による『イエスの生涯』一七九五）を乗り超え、愛を基盤に現実の矛盾合一を目指す志向を高めてもいた。だが更に現実の自己の生を生きた精神にまで昇華させるためには現実の自己と対決し、この対決の弁証法的過程で初めて展開する無限への統一が実現されねばならず、自分の哲学はこのように生の全体が無限の統一への、無限に新しい生きた精神を創ることにあるとの認識に達した。この期には『キリスト教の精神と運命』（一七九八〜一八〇〇）がまとめられるが、その貴重な精神の生成を証するに足るものだ。つまりフランクフルト期のヘーゲルは、ヘルダリーンを抜きにしては自身の哲学を進展させることは困難だったのである。ヘルダリーンとの関係が友情を刻みながら、ヘーゲルの思想形成の中核にまで及んでいたことが確実視される所以であろう。彼は一八〇〇年秋にはイェーナに移り弁証法的綜合の理論展開を企てていく。啓蒙主義的思潮を脱して詩が哲学に影響し、詩と哲学が併存し共存し合う時代を背景に、しかしこの背景をつき抜け、思想史上ではまさしくその中心部へと参入していたヘルダリーンの合一思想にこそヘーゲルが著しい影響を受けたきわめて重要な思想事実を記しておきたい。

　思想と言えば、内容の重要性故に現在でもなお執筆者をめぐり学界の論議の止まらない論文断片「ドイツ観念論最初の体系計画《プログラム》」（一七九六・一二〜九七・二）は、ヘーゲル説が有力である。誰よりもヘルダリーンを中心にシェリングも加わり、ヘーゲルが筆写してまとめたとされることの多いのは、この「プログラム」が、いま述べたヘーゲルに及ぼしたヘルダリーンの、分裂や亀裂をも許容し含み容れこれも不可避の構成部分とする更に巨きな統一への鞏固な意志が美を介在に、新しい宗教出現への契機を積極的に形造る内容《マニフェスト》となっているためである。しかしこれが結局文字通りのひとつの未完成トルソー＝「プログラム」の段階で終わり、シェリングの協力を得つつ結局ヘーゲルがとりまとめたにしても、ヘルダリーンが主軸のように成立に与《あずか》っていたことはこの内容から見て間違いないであろう。本断片はその意味で、ヘルダリーンが『ヒュペーリオン』第一巻にも直接反映させていった美や理想の宗教をめぐる三人の思想形成への記念すべき一例証と言えるのである。

　しかしながらドイツの季節では最も美しい五月の太陽の輝きも、ひときわ輝いたあとは短く淡い夏の光に移るのに似て、二人の愛は純粋度の深まりに反比例するように、周囲の心ない告げ口や誹《そし》りというおよそどの時代のどの国にも起こり得る日常そのもののなかで、ざっくりと亀裂が入れられていった。彼らの愛が亀裂したのではない。この愛に修復不可のひびを入れようと、この愛を絶対に許すまいと人間が考えられる限りの策を弄して邪魔し、引き裂き始めるのだ。その人間が構成する社会もまた。このときから、全一の存在と結ばれたとの詩人充足は、その全一にすら、いや全一であるからこそこれに愛を傾けた当の者を含めて充足の永続は許されはしないことをヘルダリーンはあらためて思い知らされたのであった。そしてその感知は、二度と消去不可能な痛みを伴う愛の自覚となっていった。彼はその心境を、「僕は愛と憎しみとの間で絶えず引き裂かれている」と端的にノイファーに書き送っている（同年七月一〇日付）。

引き裂かれた心情の傷

「引き裂かれ」た心情の傷は、この期にヘーゲルやシェリングらとどれほど思想を共有し合おうと、ヘルダリーンだけが自身に負うべきものだった。詩人だけが全責任においてどこまでも引き受けていくべきものだった。その痛覚は、一度はディオーティマとの邂逅を生き生きと歌い得た押韻詩ももはや耐えきれないほど存在の底部にまで浸透してしまった故に、この表現に最適切な短詩形が選択され、箴言《アフォリズム》形式、同時に内省的で幾重にも重層する詩意を表せる頌歌や、またヘクサーメター（六歩格）など悲歌に連なる詩型が模索を繰り返しながら試行的に採られ始めた。

　これらから数篇を示そう。

偽善の詩人たち

氷の心を持つ偽善者ら、神々を利用してその名を口に乗せるな！

君らは悟性は持つだろう、だが太陽神《ヘリオス》の存在を信じることはない、
　雷神《ツオイス》も、ましてや海の神にいたっては。
　　大地が死ぬとき、誰が死の大地に感謝しよう？

心安んじてあれ　神々よ！　あなたがたはそれでも歌を飾ってくれる、
たとえあなたがたの名前から　魂が姿を消してしまったときですら、
　さらに偉大な言葉が必要と言うのなら、
　　母なる自然よ！　あなたを想い見るだけでよいのだ。

（Die scheinheiligen Dichter　一七九八）

ヴァニーニ

彼らはあなたを神の侮蔑者と名指し　非難し　ののしったのか？
　彼らはあなたの心を責めぬいたうえ　あなたを縛り
　　そして　ごうごうと燃えさかえる炎にあなたをゆだね入れたのだ、
　　　神聖な人よ！　おお　何故あなたは

天上から炎と化して帰ってきて、
　中傷者らの頭を撃ちぬき　嵐を呼び寄せ、
　　野蛮人どもの燃えがらを
　　　大地から遠くへ、故郷から少しでも外へと捨て払うことをしなかったのか？

だが　生きたときあなたが愛し、
　死んでいったあなたを迎え容れた聖なる自然は忘れているのだ
　　人間の悪業を　だからこそあなたの敵《かたき》ですら
　　　あなたに等しく、古来からの平安に帰って行ったというものだ。

（Vanini　一七九八）

運命の女神《パルツェン》たちに寄せる

ただひとつの夏を恵み給え、あなたがた　強い力を持つ女神らよ！
ひとつの秋も恵み給え、わたしの歌の成熟のために、
　わたしの心が自ら進んで、美しい
　戯れに満ち足りて、ゆっくりと死ぬ覚悟を言い定めるために。

生きているうちに神的なちからが
生じなかった魂は、冥界に降りて行っても安らいはしない。
　しかし　わたしにいつの日か　あの神聖なもの
　わたしの心の最も重いもの、詩の創造が実現したときには、

そうしたら迎えたい、おお　影の世界の静けさよ！
わたしはそれでよい、たとえわたしの弦楽器が
わたしに随《したが》って降りてこなくても。ただ一度だけ
　わたしは生きたのだから、神々のように、ほかに要るものはない。
（An die Parzen　一七九八）

ヒュペーリオンの運命の歌

あなたがたは天上の高みで　ひかりのなかをゆったりと歩む
　やわらかな地の上を、至福な精霊らよ！
　　耀いている神々のそよ風は

あなたがたに　そっと触れる、
　女性奏者の指が
　　聖なる弦にかかる瞬間のように。

運命を知らないまま、眠っている
　乳児のように、天上の者たちは呼吸している。
　　清らかに守られて
　　　ひかえ目な蕾のまま、
　　　　永遠に花咲いている
　　　　　彼らの霊は、
　　　　　　そして　至福な眼は
　　　　　　　きらめくのだ　静まった
　　　　　　　　永遠の清澄さのなかで。

しかし　わたしたちには、
　休息のための場所が与えられてはいない。
　　消え去っていく、落ちていく

苦悩が宿命の人間は
盲《めしい》のまま
　時間から時間へと
　水が岩礁から
　岩礁へと投げうたれ
　幾年も経て不確かなものとなっていくように。
（Hyperions Schiksaalslied　一七九九）

これらの短詩の各詩行からは、まず自分をも含めた人間、ことに権力の中枢にあって聖職を生業《なりわい》とする者らへの痛罵が特徴である。すなわち政治、宗教、商業など権力にものを言わせ文学を虚業として侮蔑する人間だけではなく、まさしく文学を職業としている学者あるいは詩人ら自身を正面から撃つことを彼は止めようとはしない。文学の一点で同質のものを求めようとしていたからこそ、彼らの売名の偽善を暴き断罪しないではいられないのだ。ヘルダリーンの憂いは一層沈澱しつつ、ズゼッテへの愛を暴力で断ち切られた哀しみをどのように歌ったらよいか、彼にこの哀しみが大波のようにおおいかぶさるとき、詩作創造への意志はしかし、大波を大海へと喚び戻す運命を甘受し引き受けようとするひとつの純粋歌と化していくのだった。
やがてヤーコプの発した一言が直接の引き金《がね》となり、ヘルダリーンは直ちに荷物をまとめて同家を出るに至った。一七九八年九月下旬のことである。ただただ少しでもズゼッテの近くに留まりたいとの切実な理由から、親友のズィンクレーアのいるホンブルクに移った。

『エンペドクレス』の創造　ホンブルクはフランクフルトの北に徒歩で三時間あまりのところにあり、なだらかなタウヌス丘陵下の豊富な樹木の茂る公園にも恵まれた、良質の温泉《バート》の湧く保養地として有名な、ヘッセン‐ホンブルク方伯（一七四八～一八二〇、フリードリヒ＝ルートヴィヒ五世）領の小都市だった。そこでバート‐ホンブルク‐フォア‐デァ‐ヘーエの名を持つことになる。

テュービンゲン、イェーナ以来の友で宮廷参事宮ズィンクレーアが、ヘルダリーンの居住の世話を全て行った。さしあたりの生活はフランクフルトの貯えで維持できる見通しのもとに、厳しく断ち切られはしても実際には深まるばかりのズゼッテへの思いに比例して短詩形の頌歌の創作が活発に始まり、同時に『ヒュペーリオン』第二巻の仕上げとその本質的な続篇とも名づけられるべき詩的悲劇『エンペドクレスの死』（Der Tod des Empedokles 以下『エンペドクレス』と記す）の創造が開始されたのである。

『エンペドクレス』は、『ヒュペーリオン』という小説形式ではもはや盛りきれない新しい思想内容を劇の登場人物の詩的な科白《せりふ》で示そうとした革新的な試みである。主人公は自然の理に通じ霊力に恵まれ、種々の霊法による治療や世情への予言による見通しまでも可能な透視力も併せ持つエ

ホンブルク　方伯の居城を中心に西側から左右に旧市街・新市街を望む。
1815年ごろ，コンラート=ヴォルフ画，グアッシュ画

ンペドクレス（前四九二頃〜前四三二頃）である。ヘルダリーンはその記述を、ディオゲネス＝ラエルティオス（三世紀前半頃）編のギリシア古代哲学者の学説と生涯を紹介した『哲学者列伝』によったとされる。『ヒュペーリオン』に較べて筋の展開に乏しく、主人公の説明に比重が増した分だけ彼の言動の一切が問題にされてこざるを得ない。

　エンペドクレスは「自分の心情と哲学により早くから文化への憎悪を抱くようになり、全ての一面にのみ偏した在りようへの宿命的な敵」であり、人間界の主客の対立に倦み疲れ、シチリア島南海岸アクラガスから出て遙か東方のエトナ山に登る。「フランクフルト試案《プラン》」（Frankfurter Plan zum Empedokles）と題された準備稿では、まずこの基本構想のみが提出されこれからの展開が予示される。

　第一稿になって、何故エンペドクレスがエトナ山に登り孤独状態へと突き落とされたまま下山しようとしないかが明らかになってくる。エンペドクレスは神々から与えられた霊力を自分本来の能力と過信するようになり、その驕《おご》りはヒュブリスと表

される、神々の領域へと越権する過度の増長慢と化した。このヒュブリスへの厳罰が、神々から賦与され全てを行い得るかに見えた幸福の絶頂からの、救い難いほどの絶望感に囚われた孤独である。自然と一体となっていた古代では、一切を統べる自然への純粋な畏怖から自らを神と詐称《さしょう》する過信には、どんな天才と言えども取り返しのつかない重罪を犯した結果に等しいと見なされた。彼がどれほど超能力者でも、この一線を越え出てしまったのである。彼の霊力は全自然と一致するとき最も有効性が発揮されるはずのものであり、本来は神々との不一致は生じないはずだが、エンペドクレスもやはり人間の業から脱するすべを持たなかったことになろう。そして我々の課題の、言葉の罪過による孤独地獄からどのようにして彼のかつての力を恢復させ復活させたらよいか、という根本問題が現れてくる。

第二稿では、エンペドクレスの独白に押し流されたまま影のうすかった神官ヘルモークラテスが、同じ敵対者でもエンペドクレスと互角に渡り合う敵対性を帯びる者となり、第一稿に較べ両者の対話を通してこそ主人公のヒュブリスのみならず、絶望する孤独感の深淵とその理由内容が明らかにされてくる。言葉の罪過の主題は捨てられ、多くの恵みを贈ったエンペドクレスと、その意味を解せないまま贈られて右往左往する民衆の問題が中心となる。愛の過剰な贈与がなされた場合の民衆の滅びにも通じる混乱から、節度が問われてこざるを得ない。こうした情況下では、エンペドクレスも独裁者になりかねないのだ。時代との対決をいちじるしく強めてきているヘルダリーンが、両者の危険を鋭く衝くヘルモークラテスに重い位置を与えたのは当然の処置だったことが了解されよう。民衆への深すぎる愛と、この愛の見定めができないまま混乱する彼ら、彼らを見つめる者の犠牲死への決意が、没落ではなく救済としての自然との合一への自然死に道を開いてくる。

思想表現の中核に置かれるべき詩

ヘルダリーンは第一、二稿で提出したエンペドクレス個人に関わる神々からの分離とそれ故の存在の孤独感という根本命題を、第三稿との間に起稿した「エンペドクレスのための根拠」(Grund zum Empedokles 一七九九)のなかで理論づけようとした。難解な小論文だが内容は非常に重要である。それは、エンペドクレスが一個人で引き受けた命題が結局人間と天上＝神々、つまり人間に関係する有限な人為と無限な自然という天地間の対位構造の問題へと還元されているからである。すなわち「組織的《オルギシュ》」なものと「非組織的《アオルギシュ》」なものとの対立と融合が、エンペドクレスにおいていかに可能となるのか、原合一から分かれた人為と自然とがそれぞれの自己深化を経つつ交互に乗り入れ、最後に二つの合一を目指す綜合への可能性が理論的に探求されたからにほかならない。全自然と合一と分離を経た再合一という本論文での根本命題は、時代の歴史現実にも直結するこの分離・分裂がなければ彼の死を理由づける自然死による自然との合一もあり得ない分裂の意味を指し示している。その自決死だが、一個人の死で時代の両極はたしかに宥和されるかに見える。しかしそれだけでは世界の根元生命は、一個のなかに全て含み入れられて消失してしまうかもしれない。この最悪の事態が生じないようにするためにこそ、個人死の思い込みだけで世界の生命の消失が生起しないようにするためにこそまず個人の死は必須であり、その死は両極を統一し、統一がまた解消したとしても媒介されることで普遍性を得ていく。この媒介で普遍性を得る限り彼の死が意味を失うことはないと説くのが本論文の犠牲論の骨子である。

「組織的《オルギシュ》」＝人為と「非組織的《アオルギシュ》」＝自然とが、それぞれを自分の領域内で深化させることで相手の領域に移り、両者の合一をどこまでも目指す根本方向は、次の第三稿で具体化されるはずであった。すでに第二稿でもそうだったが、エンペドクレスという一個人のヒュブリスが問題なのではない。問われるべきはこの一個人において人為と自然の分離を余儀なくされていた、ここでこそ両者が死力を尽くしての闘いをする分裂状況がいかにして再び原初の合一を獲得するのか、この合一がエンペドクレスの自由意志に発する死をいかに正当化するのか？　一個人の死が人為と自然に分離した分裂にあえぐ時代に、この死の示す普遍性への意味を本当に伝達し救済を明らかにし得るかどうかの一点こそドラマの最後の問題にほかならないからである。それはこの問題の一般化、客観化がドラマ化されないならば、本ドラマは完結し得ないことが明らかになってきた事態を意味しよう。

第三稿（一七九九）では舞台もエトナ山頂に限定され、エジプトからの隠者マーネスを登場させ、自決死による自然との一体化を決意したエンペドクレスに、彼の死が人間と自然とを本当に合一させ両者を宥和させるものとなり得るのか、彼が本当にその任にふさわしい唯一の者なのか、その仲介性の意味までも厳しく問いエンペドクレスがこれに応答することで、前二稿を内容上受け継ぎつつも新しい独立性を獲得したとは言える。しかし論文が提示した合一への経過思想の実現は、やはり未完結となった。愛着を深めつつあるイエスの犠牲死、それもイエスの宥和性をエンペドクレスの革新性にだぶらせようとはしても、個の死のままでも普遍であることが可能なのか、その犠牲死の根元の意味をマーネスが問うた段階で終結せざるを得なかったのである。単なる苦悩の分裂の乗り超えだけではない、彼の死を賭しての全自然との合一による行為に表れたこの思想は、思想自体をドラマ、それも詩劇ですらなくやはり詩で歌う以外にはあり得ない地点にまでヘルダリーンを決意させる結果を導いた。ヘルダリーンが後にソフォクレスの戯曲＝悲劇にこだわりつづけたように、戯曲が不用とされたのではない。詩が思想表現の中核に置かれるべきとの創作認識に、ヘルダリーンがようやく達したということである。

難解な美学論文

この試みはドラマでは具体的な成果を上げるには至らなかったが、道筋の方向だけでは確実に刻まれた。『エンペドクレス』全稿、特に「根拠」から最終稿時の創作経過に発したヘルダリーンの創造の眼は、その論証を今度は論文形式で実証しようとした。「素朴《ナイーフ》」、「ヒロイック」、「イデアル的」の三音調が抒情的、悲劇的、叙事的の三種の詩において、「基底」と「表現」の両態により基本的に転移し循環しながら詩をリズム構造する音調の転移《テーネヴエクセル》 - 調和のなかの対立諸相をめぐる次の諸論考が含まれている。すなわち「詩的精神の採るべき方法論」(Über die Verfahrungsweise des poetischen Geistes)、特に詩作に技術を付与するための詩法に集中した「詩作様式相違論」(Über den Unterschied des Dichtarten) と「詩様式の混合論」(Mischung der Dichtarten)、祖国の運命という切迫した歴史現実を扱いながら徹底して詩の思想性を問うた

「亡びにおける生成」（Das Werden im Vergehen）、各個体としての宗教を重んじつつ、これらがそれぞれの境を越えた拡がりを持ち得ることでひとつの共通の宗教の可能性まで言及した「宗教論」（Über Religion）など、いずれも比較的短文の、一連の美学論文と称されるものがこれに相当する。美学や詩学など、美学内の既成の範疇名称ではとても包括しきれないほど豊かで透徹した視点からの諸論考が集中的にこの期に書かれたのは、ひとつの驚きとしか言いようがない。これらのどれも難解であり未完のトルソーなのだが、今後の巨大な詩作内容を前もって根拠づけるにふさわしい、調和を目指すなかでの対立、調和を内に含み持つ対立＝調和する対立のイデーを確実に射程内に浮上させ際立《きわだ》たせる息づまるような思索の織物が、このとき次々に織り込まれていたヘルダリーンの創造例を我々はよく覚えておこう。そしてほとんど期を同じくして創られ始めた、もはや短詩行‐詩節ではない本格的な頌歌や悲歌、そして新しい讃歌でこそこの思想は、まさしく具体的な詩語と共に詩化され詩の内部にこそ本来の居場所を見つけていくことになるであろう。

雑誌刊行計画

序説で触れた、A・W・シュレーゲルの高い評価が出、ヘルダリーンの名がほとんど初めて全ドイツに知られたのはこの時期である（一七頁参照）。実は彼はこのニュースを母宛の手紙（一七九九年三月一五日前後、ホンブルク）で、控え目だがかくしきれない喜びをにじませて伝えている。そこでは、自分への期待とは逆に、編集発行人のノイファーの詩文への評価が良くないので彼には黙っていてほしいとの言い添えも見られる。そして更に重要な出来事を記しておきたい。

大学講師への道がほとんど絶望的に困難と知り始めるにつれて、ヘルダリーンは文芸と芸術のための創作‐評論誌を定期的に発行し、自分がその刊行と編集双方の責任を兼ねることで自身の作品発表の場と生計の二つを維持し得るのではないかと真剣に考えるようになる。そしてホンブルク期最後の年一七九九年秋、シュトゥットガルトの出版社主ヨハン＝フリードリヒ＝シュタインコプフ（一七七一～一八五二）に相談した。彼は構想そのものには興味を示したが、ヘルダリーン自身も考えていたゲーテ、シラーなど当代一流の文学者だけではなく、広く一般の読者層にも関心を呼ぶような面白いものが書ける執筆家を加えるよう強く要望してきた。ヘルダリーンはゲーテ、シラーを始めとする、是非にと考える人々に新雑誌発刊の主旨を伝え寄稿の協力を依頼した。フランツ＝ヴィルヘルム＝ユング（一七五七～一八三三）やコンツからは色よい返事が来たが、最も期待したシラーからはしばらくしてまさかの拒絶の返事が来た。ただし内容は拒絶とは言っても、雑誌発行は自分も長年経験してきてよくわかっているが、労力を消費するのみで犠牲ばかりを要するので止めた方がよく、それにそそぐ力を他誌への寄稿にまわして自身をみがくべきと説く勧告と励ましの手紙だった。これは返事そのものがとうてい期待できない故に最初から依頼を送らなかったとも推定されるゲーテの場合に較べれば、シラーの多忙が主因でしばらく疎遠になっていたとはいえ、ヘルダリーンを理解した、人間的にもはるかに温かな内容と言うべきであろう。シラーの勧告を受け入れたためというよりは、ましてや出版社が望む条件を充たせる自信は更々《さらさら》なく、実質的な寄稿者が得られず、起死回生の霊薬にもなったかもしれない彼の雑誌発刊計画はこうして自滅した。またしても、と言うのは止《よ》そう。敗北は率直に認めるしかあるまい。詩人独立への強い意志を秘めて雑誌名に決定していた、北欧神話の青春と若返りの女神イドゥーナに登場の機会はなかったのだ。

『ヒュペーリオン』第二巻刊行

しかし同じ秋、『ヒュペーリオン』第二巻が遂に刊行された。ヒュペーリオンの祖国ギリシアの独立を阻んできたオスマン帝国に対する戦争《いくさ》に志願して出征するヒュペーリオンと、一度はその断念を迫ったものの彼の高い志を認め、彼の出征を見送るディオーティマ、戦場で戦いの実態に接し失望し負傷した主人公の許に、彼を最も正しく理解し至純の愛を捧げた彼女の自分の死を予見する手紙が届く。愛の最後の告白にも等しい言葉が、凛《りん》然《ぜん》たる強さを帯びて彼女の存在の全てをあらわにしつつ読む者を圧倒する。ひとり生き延び、自然に帰依していく結末がヒュペーリオンにやってくるが、ディオーティマの死の哀しみから逃れようとこの間にドイツを旅した彼の、ドイツへの絶望からくる痛罵（一三二頁参照）がはさまれている。ただ、ドイツの美しい春が彼を立ち止まらせ、その全自然が彼の唯一の慰藉《いしゃ》となった。この慰藉からヒュペーリオンの最後の言葉、「世界の不協和音は愛し合う者の諍《いさか》いに似ている。和解はその争いのさなかにこそ宿り、全ての別《わか》たれたものは再び互いを見つけ合う。血管も別たれたあと、また心臓に戻る。そして全てはひとつであり、永遠に、赤々と燃える生命なのだ」が生まれ出たのであった。最も美しいドイツ語で綴られた詩的散文と評される書簡体小説は、こうして終わる。

現在我々は数少ない著者献呈本のうち、ズゼッテに送られた一冊を目《ま》のあたりにすることができる。この本の扉には、「貴女のほかの誰に捧げよう」の、ヘルダリーン自身の美しい文字が書き込まれている。ヘルダリーンは、「私の大切なディオーティマを死亡させたことは申しわけありません」と、ズゼッテに完成を知らせた喜びの手紙ですでに触れていた。一八〇〇年初夏、ホンブルクを去る直前のアルカイオス詩節の頌歌「沈みゆくがいい　美しい太陽《ひ》よ……」（Geh unter schöne Sonne...）を掲げよう。

沈みゆくがいい、美しい太陽《ひ》よ、彼らは
　あなたを重んじなかった、あなたを識らなかった、神聖なものよ、
　　何故なら苦労せずに　ひっそりとあなたは
　　　苦労にあえぐ者らのうえに昇ってきたからだ

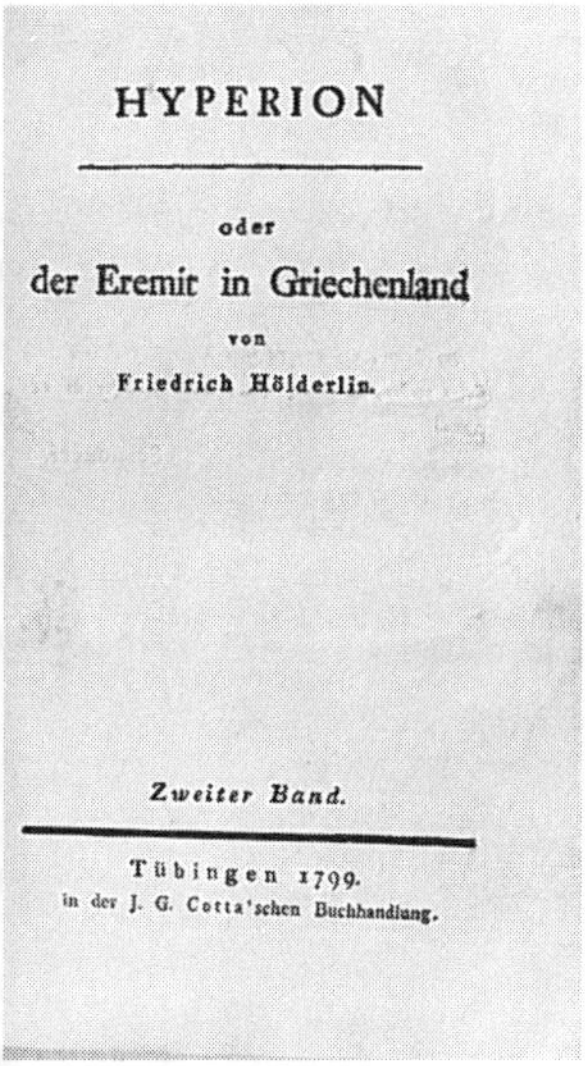

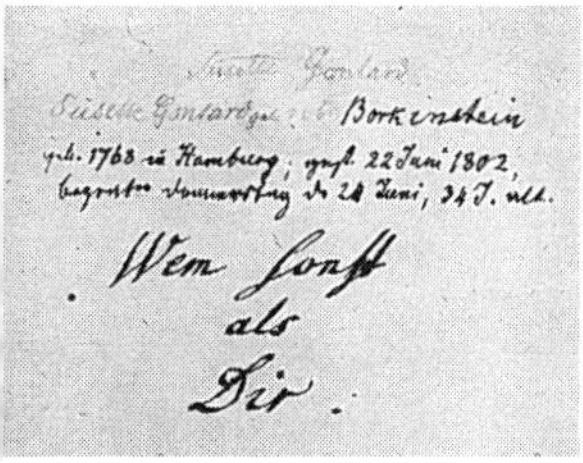

『ヒュペーリオン』第2巻（上）と同書に書き込まれたズゼッテへのヘルダリーンの言葉「貴女のほかの誰に捧げよう」

わたしには、あなたは親しみをこめて沈み　また昇る、おお　ひかりよ！
　そして　わたしの眼は正しく、あなたがわかる、すばらしいひかりよ！
　　何故なら　神的なものとして静かに敬うことをわたしが学びとったから
　　　ディオーティマがわたしの心を癒してくれたときに。

おお　あなた　天の使者よ！　どんなにわたしはあなたに耳を澄ませたことか！
　あなたに、ディオーティマ！　愛するひとよ！　どれほどあなたから
　　そのまま金色《こんじき》の日を　この眼は
　　　耀きながら、感謝に充ちて見上げたことか。そのとき　ざわざわと

泉はいのちのみなぎりを深めた、息を
　暗い大地の花々は　わたしに愛しみながら吹きかけた
　　そして　微笑みながら　銀色の雲の上へと
　　　エーテルは祝福しながら身を傾きかけたのだ。

Ⅲ　新しい詩作の開始

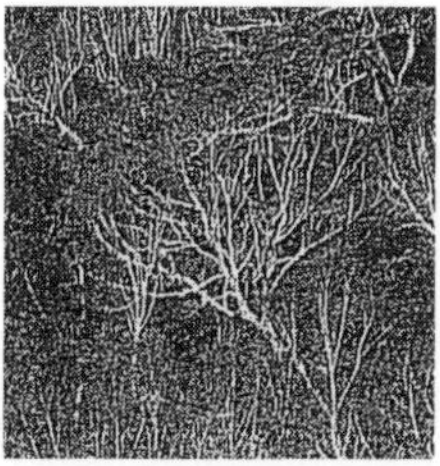

帰郷と詩作と

安息の日々

一八世紀最後となった一八〇〇年五月、生涯の最も大きな希望と挫折の一切であったフランクフルトとホンブルクからヘルダリーンは帰郷した。帰郷と言っても、母の家に帰ったのではない。この家は一〇日あまりで、両都市滞在時の彼の許をすでに訪れ親交を深めていた、シュトゥットガルトの富裕な織物商ゲオルク＝クリスティアン＝ランダウアー（一七六九〜一八四五）の家に行ったのだ。ランダウアーはヘルダリーンに出会ったそのときから、同郷で同世代のこの詩人の、雄々しく独立の道を切り拓こうと全身で時代と運命に立ち向かう在りように並々ならぬ関心と尊敬の念を抱いた。そして実生活での苦境を見聞きするにつけ、何かに役立ちたいと常々願い、その旨を彼にも伝えてきた。そこで帰郷にあたり、間取りの余裕のある自宅を開放し、少しでも生活上の不安を取り除き本来の詩作に専念してもらえるようにと詩人を招いたのであった。

ヘルダリーンもランダウアーの素直な申し出を喜んで受け入れ、秋の深まるまで同家に滞在した。詩人には、このときもうわかりすぎるほどわかっていた。自分の束《つか》の間《ま》の安息は、その束の間の滞在にしかないことを。しかもこの滞在は利害のからまない、この世にはまれにしかあり得ない、本気で自分を理解し案じてもくれる友情に発するものであることを。
そのまれな安息の日々がまさしく安息だったことを証明するように、この半年あまりの間に彼の代表作の頌歌、悲歌が集中的に創られた。その一部を示そう。
ホンブルクからニュルティンゲンへの途上で、ヘルダリーンはまたハイデルベルクを通過する。橋を通過するだけの人は、この町をこう歌った。

ハイデルベルク

もう長くわたしはあなたに愛着を抱いている、こうすることがよろこび故に　わたしは
あなたを母と呼びたい、そして　あなたにわたしの貧しい歌を贈りたいのだ。
　あなた、祖国の町々のなかで
　風光の最も美しい町よ、わたしの見たなかでも。

森に棲《す》む鳥が峰々を越えて翔んでいくように、
　弧を描いて架《か》かる、きらめいて流れる河流の上に、
　　しなやかに　力強く　この橋は、
　橋は馬車と人間の立てる音でいっぱいだ。

クリスティアン＝ランダウアー
1820年ごろ，細密画

神々から送りこまれたもののように、縛《しば》りつけたのだ　或る魔力がかつて
わたしを　この橋上へと、私が通り過ぎようとして
　山なみにつづく
　　すばらしい彼方の眺めが耀いて見えたとき、

若者の、この河流は、平野へと果敢に前進していった、
哀しみとよろこびを抱いたまま、その様子は、自身の美があまりに重い故に
　愛を貫きながら滅びることはかなわない心が、
　　すすんで時代の激流に自分を投げ入れていこうとするときの姿勢だった。

（Heidelberg　一八〇〇、第一〜四節）

途中の素通りするだけの町、その人が「見たなかでも」「最も美しい」と歌う以上、その人にはこのかりそめの町が故郷なのだ。通りすぎる瞬間に、そのつどのただ一度の故郷となってまみえる町、橋上の人こそここの町を所有するだろう。

ヘルダリーンは、この年、ディオーティマとの別離を自分らを引き裂いたものに向けて、愛と憎悪を忘れるために「忘却《レーテ》の飲物《トランク》」を飲もうとして歌う。

わたしは去っていこう。おそらくいつの日にか　あなたに
ディオーティマよ！　ここで会うだろう。しかし死に絶えていよう
　そのときには希望は　それで　なごやかに
　　幸せな死者たちに等しく、見知らぬ者となって

わたしたちは行き交《か》うのだろう、話をしたりして行きつ戻りつするのだろう、
しきりにもの思いつつ、ためらいつつ、しかし互いの存在を想い出させてくれるのだ、それも
忘れていたわたしたちに、
　ここ　別れの場所は
　　すると　わたしの内部の心が温まってくるのだ、

ぼうぜんとしてわたしはあなたを見つめる、声と美しい歌を、
あのときのようにわたしは聴く　弦の音を
　すると　百合から甘やかな香りが
　　金色《こんじき》のまま　小川のせせらぎの上でわたしたちに向けて香ってくる。

（「別れ」第二稿第七～九節　Der Abschied　一八〇〇）

そして同時期には、やはり頌歌で彼女の偉大さをたたえた。

あなたは沈黙し耐えている、世間の人々はあなたを理解できない故に、
　高貴な女性《ひと》よ！　あなたはうつむいたままおし黙る
　　こんなに美しい日なのに　何故なら　おお　無駄だったからだ
　　　あなたがわかるひとびとを太陽の光のなかに　どれほど探しまわっても、
　　　　…
さあ見て！　おお　愛するひと、わたしたちの丘が沈んでいくまえにこそ
　これは生じよう、本当に！　もうわたしのはかない歌は
　　あの日をはっきりと見ている、その日には、ディオーティマよ！　神々に次いで
　　　英雄らに並びあなたの名をとなえ、そして、あなたと対等となるのだ。
（「ディオーティマ」第一、六節　Diotima　一八〇〇）

故郷からの出発者の意識　最高の喜びと最高の哀しみとをほとんど同時に所有もした者のみが、おそらくただひとつの特権として掌中にする詩作の成熟は、いよいよ詩人として在るしかなく詩を創る以外には在りようがない詩人の存在自覚への一層の深まりに一致する。それはまたすでに十分に萌していた故郷からの出発者たる自分をあらためて意識し直し、これを詩作の根幹にうち

据えることを意味していた。事実彼は二年前の二小節の「故郷」(Die Heimath 一七九八)を、同じ頌歌の類似例のように今度は同題名の六節からなる「故郷」(Die Heimath 一八〇〇)に書き改めた。

故郷

よろこびいさんで　船人《ふなびと》は静かな河流のほとりを目指して故郷に帰ってくる、
　遠い彼方の島々から、収穫をなしとげたときには。
そんなふうに私だって帰郷することだろう、もしこのわたしが、
　悩みと同じくらいたくさんのものを獲得できていたなら。

愛する岸辺と、かつてわたしを育ててくれたもの、
　愛の悩みを鎮めてくれるのか？　わたしに約束してくれるのか？
わたしの青春の日の森よ、わたしが、
　帰って行ったら、安らぎをもう一度ふたたび？

涼やかな小川、このほとりで　わたしは波の戯れを見た、

河流のほとりで　船が静かにすべりゆくのを見た、
　そこに　わたしが行き着くのも間近い。おまえたち愛する山々よ、
　　かつてわたしを守ってくれたもの、故郷の

いつも思慕される信頼の国境《くにざかい》、母の家
　きょうだいたちの心こめた抱擁
　　おまえたちにわたしが挨拶するのももうすぐだ、おまえたちはわたしをしっかりと包み込む、
　　まるで強い絆《きずな》で結ばれたものさながらに、私の心が癒えるようにと。

誠実に留まるものらよ、しかし　わたしは知っている、知っている、
　愛の悩み、それは　すぐには私から癒されてはいかないことを、
　　この悩みは　人間たちが慰めに歌うどんな子守歌によっても、
　　わたしの胸から消え去らせることができないのだ。

何故なら　神々は天上の炎をわたしたちに貸与し、
　聖なる悩みも同時に贈ってくるからだ、
　　だからこそ　いつまでも留まればよい　この悩みは。大地の子で

わたしはあるらしい。愛するよう、悩むように定められている　このわたしは。

ヘルダリーンが用いた頌歌には、古典ギリシア詩節に由来するアルカイオス詩節とアスクレピアデス詩節の韻律詩型がある。前者（「ディオーティマ」、「故郷」）ではリズムは途切《とぎ》れずに続く軽やかな波の動きにも比せられるが、後者（「ハイデルベルク」、「別れ」）ではリズムは、最初の二行の中央で一度衝突するように堰《せ》き止められた上で続いていく重々しい運びとなる。特に、「ディオーティマ」と「故郷」からは、正確な弱強のリズム適用による軽快な動きのなかにも、リズムと詩語がせめぎ合いつつ退け合うきしみ音もかすかに聞こえ始めている。

初稿の冒頭二詩節のみでの故郷への希望は、いま故郷を出て行った者、出発者の出発意志にまで高められた。この意志はただの表面ではなく、宿命としての「大地」と幼少から神々の住まう世界として親しみの言葉をひそかに交わしていた天上にまで向けられた上で、あらためてこの大地にこそ既成の故郷ではない、詩人の自分も所属すべき世界を創ろうとする故郷創造への最初の出発表明にほかならなかった。故郷を直接の主題とする頌歌には、ヘルダリーン詩を音楽家として最も早く手がけた同時代の作曲家、フレーリヒ（フリードリヒ）＝テーオドール（一八〇三〜三六）の作曲によっても広く知られた「故郷に帰る」(Rückkehr in die Heimath　一八〇〇）がある。題名からして帰郷詩と見なされるが、おそらくもうそこには辿り着けないことを知り始めた者のみが見つめる震える眼差しに射ぬかれた、かつての故郷と、いまよりまみえていくであろうものとを思い定めようとして予感する不思議な喜びが歌われている。

彼の思い定めは、友人の友情が純粋なだけに、そこに生じた喜びに等しい哀しみの自覚となった。どれほど真率な友情から差しのべられた友情ではあっても、それは依然として彼が羨望をもって呼んだ、夕べには「収穫」を積んで帰る「船人《ふなびと》」が所有する居場所ではない。ランダウアーの好意がとりわけ厚かっただけに、なおのことヘルダリーンは結果として友情に寄りかかった、金持ちの食客にすぎないみじめな自分を見出すのだ。このみじめな自分への徹底した見出しが、ここでようやく静かに迎えた秋の訪れと成熟を見守る喜びのなかに彼の詩人存在を揺り動かすほど強く意識され、フランクフルト時代に家庭教師《ホーフマイスター》など所詮《しょせん》「車の第五輪」にすぎぬとまでその社会からは見下されていた折の屈辱すら上回るほどの浸透度で、むしろあのときの激越さに匹敵する冷静さで意識されていったことを銘記しよう。

悲歌「帰郷」の誕生

暮れにほんの短くニュルティンゲンの母の家に立ち寄った（戻ったのではない）ヘルダリーンは、今度はアルプスを越えた、スイスはザンクト＝ガレン近くのハウプトヴィルという小村の旧家アントーン＝フォン＝ゴンツェンバッハ（一七四八〜一八一九）家の家庭教師《ホーフマイスター》となる。あれほどの恥辱を受けてもなお彼は、「車の第五輪」にしか値しないこの職を引き受けたわけである。年が明けた一八〇一年、今度も厳寒の一月中旬に出発する。最も厳しい酷寒だけがいつも彼の出発を祝福するのか？　いかなる理由からか、うまくいくと思われた今回も突然解雇を突きつけられ、四月上旬にはニュルティンゲンに帰る。そこしか立ち寄るところはない唯一の立ち寄り先としての、とうてい期待には添えない母の家へと。

しかしながらスイスへの往路と帰路の途上で、以前テュービンゲンの学生時代短く体験してはいたがこのように間近くは観察しなかったアルプスを壮麗な雄大性としてだけではなく、自分の詩作思想を構造する重要要素として実感したことは見過ごしにはできないだろう。彼は以後の詩でアルプスを神々の居住する天上と人間の住む大地との接点と位置づけ、両者が互いに接続し交感し合う場所の意味を問いつづけていったからである。

こうしてこの年一八〇一年、悲歌「帰郷」(Heimkunft)が、ヘクサーメター(六歩格)とペンターメター(五歩格)よりなるディスティヒョンの古典詩型の悲歌の詩節を特徴づける、詩行中央での強音のぶつかり合いとその解放とを十分に生かしきって誕生した。本悲歌は、序説で触れたハイデガーに強い思想上の関心をよび起こさせた。ハイデガーは、本格的なヘルダリーン詩論考の端緒となる「《帰郷》論」を一九四三年に発表(初め講演、同年前掲の『ヘルダリーンの詩作の解明』に収載)、主著『存在と時間』以降の彼の思索が詩人の、とりわけすでに一〇年来読み込んできていたヘルダリーンの詩作世界にあらためて立ち向かうことを決定づける主要契機ともなった。

この悲歌では、アルプスをヨーロッパを横断する巨大な山脈としてではなく、この場所が天上の神々がひとつの起点として大地に訪れてくるほどの、二大空間を結びつける仲介性を帯びていることから、その仲介性の働きを見出した驚きがアルプスという巨大な自然の顕す諸現象のなかで説き明かされ始める。詩人の眼は、彼が属しアルプスも属す大地に注がれ、大地がアルプスによってこそ天上へと接続していく。そしてこの空間が太古からの時間と一体となり結ばれているのだ。ヘルダリーンがいま体感し感受したのは、この空間と時間とが分離せずに一体となったアルプスにほかならない。だからこそこの一体から滲《し》み出てくる水滴の一滴一滴にすら天上の光が宿り、その光はいかに彼が敗残者ではあっても、いやこの敗残者によってこそ一滴は詩人の両掌で掬《すく》い取られ、そのひとしずくに天上と大地とのはざまに立ちつくす自身が世界に在るものとして、この驚きの全事態を十全には言い表しきれないもどかしさとともに映し出されてきているのを確かめ、確かめつつ言いよどみながらも、例えば次のように歌うことができたのだ。

1

そこ　アルプスの山脈《やまなみ》では　まだ月あかりが照りわたり雲がたちこめている、
　喜ばしいものを歌いながら、夜はそのなかでぽっかりと暗い口を開けた谷を蔽う。
あたり一面にごうごうと轟《とどろ》きながら落ちてくる　冗談口をたたく山の大気は、
　切りさくように樅《もみ》の樹々を貫き一条の光線が射しこんできて　また消えていく。
ゆっくりと急ぎ闘いもする　この喜びにわななく混沌は、
　姿かたちは若々しい、しかし　強い、愛すべき争いを祝福しながら
岩々の下で、混沌は沸騰し、永劫の定めという枠内でゆらいでいる、
　何故なら　バッカス神のように　ここへと朝がたち昇ってきたからだ。

何故なら　ここでは年月は際限もなく成長し　聖なる
　時間、日々は一層大胆さを増して秩序づけられたり、混ぜられたりしているからだ。
それでも鷲は時間を感じとり　山々の
　あいだで、空中高くとどまって日を呼んでいる。
今も目覚め　其処《そこ》の深みでじっと見上げているのは小さな村
　怖れなく、高みを信頼し、高い峰々に向かって。
それは　これからの生い育ちへの予感なのだ、何故なら　すでに稲光のように古代からの
　湧水は落下し、地面は流れ落ちるものの下で水蒸気が立ちこめ、
こだまはあたり一面に響き合い、こうして無限大の仕事場は
　昼も夜も、贈りものを送り出しながら、腕をしきりに動かしているからだ。

2

静かにあの上方では　銀色の高みの連なりが耀きを放ち、
　高みの雪はばら色に染まり　はやくも光って見え始めている。
そして　これよりもっと高い彼方の光の上には純粋な至福の神が居り　聖なる
　光線の遊びを喜んでいる。
ひっそりとこの神はひとり住み　その顔は明るく浮かびでる、
　高い高い天空《エーテル》に住むこの神は　わたしたちにもいのちを贈ろうとして、

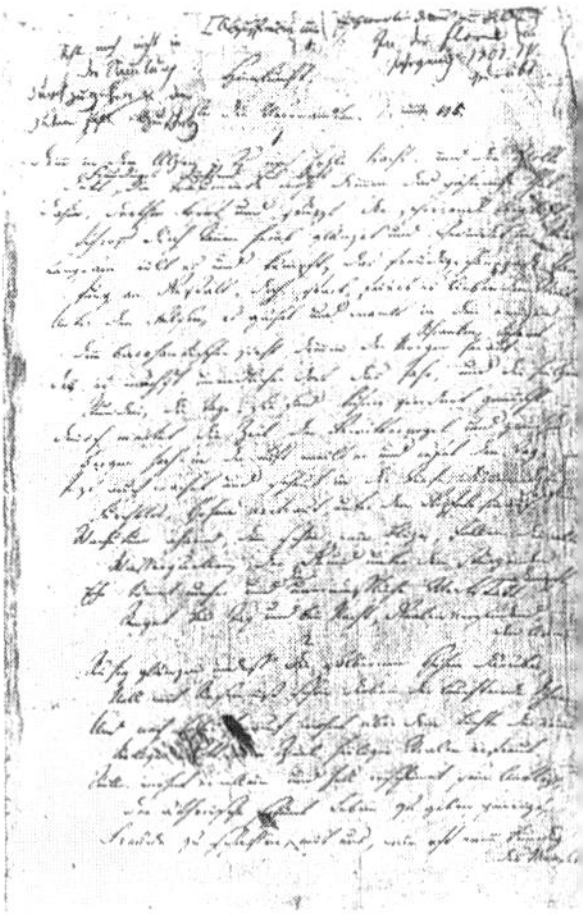

悲歌「帰郷」　手稿の冒頭部分。1801年

喜びを創り出そうとして身を傾けているように、尺度に精
通し、
呼吸する者ら人間にも精通し　ためらい　いたわりもし
つつこの神は
深く信頼できる幸いを町々に家々に贈り　また
土地を切り拓《ひら》こうとして、柔和な雨を、恵みを産む雲を、

あなたたちに、
最も大切な大気を、それから　あなたたちに、優しい春を贈り、
ゆったりとした手で　哀しみに沈む人びとに再び喜びを与えるときには、
この神がまた時代を革新し、この創造する者が、もの静かな
年老いていく人びとの心をさわやかにし、しっかりとつかみとり、
深みまで降りてきて働きを及ぼし、のぞみ通りにその口を開け　そのなかを明るくし、
こうして　いま再びひとつのいのちが開始され、
かつてのように、気品が花をつけ、精神が生き生きと姿を現してきて、
勇気が喜びに充ちて　また翼をいっぱいにふくらませるときには、
そういうときなのだ、この神の大地への身の傾きかけがくり返し見られるのは。

（第一～二節）

「ドイツ人ほど矛盾した国民は考えられない」

それ故彼の喜びとは、既成の故郷に帰る際の喜びなのではない。この新しいアルプスの発見をばねにしてここからこそ新しい未知の故郷、全自然そのものである至高の者の名をどうしても名指したいほどの喜びに充溢しているのに、いかにもこの詩人らしくその命名も一歩、二歩手前で静かに差し止められる。きわめて大きな危険がぴったりはりつき迫ってくるはずだが、いま見出されてきたそれこそが真実の故郷を創造していくためには必須の、戦慄する喜びであるに違いないのだ。

ヘルダリーンは結局、親不孝者としてまたニュルティンゲンに帰る。そしてシラーとニートハンマーに宛てて、イェーナ大学でギリシア文学の講義ができるための労を取ってくれるよう頼んだ。しかし両者からの返事はなかった。孤絶感を嚙みしめながら、ただ詩人で在るしかないヘルダリーンは詩のみを創りつづける。この時期を境にして、我々が彼の詩の絶頂と名づける、前掲の諸作品を含む名詩のかずかずが産まれ始めたのも偶然ではない。彼が次第に出発者と化してきて、自分自身の全く新しい故郷を創り始める詩人企図に基づき、まず頌歌、悲歌でその本格的な試みを開始したからだ。我々はまた、スイス入国直後に成立したリュネヴィル和約に賭けたヘルダリーンの過大なほどの平和到来への期待をいまこそ理解する。全一、「一にして全なるもの《ヘン・カイ・パン》」との合一への持続する純粋希求からこそ、神聖ローマ帝国下に、現実のずたずたに分断された分裂-領邦国の集合体にすぎないみじめなドイツへの、およそドイツ文学史上それまで何人も行わなかった痛罵に等しい批判が、『ヒュペーリオン』第二巻の末尾で主人公の口から直接発せられたのである。

「……勤勉と学問により、ドイツ人は昔から野蛮人なのだ。そして宗教によってすら一層野蛮になった。どんな神的な感情にもあまりに不得手で、神聖な優美の女神の幸運に関わろうにも骨の髄まで堕落しており、善良な性質の魂の持ち主に対しては、どんな程度であれ誇大や乏しさの毒を含んで彼らを侮辱しないではいられない。鈍感で調和を欠いているので、それはまるで投げ捨てられた器のかけらのようだ。ベラルミン（『ヒュペーリオン』での主人公が書簡を宛てる相手）よ！　これが私が期待した慰め手の正体だったというわけさ。

これはたしかに厳しすぎる言葉とひびくだろう。しかしそれにもかかわらず私は断言する。何故ならみな本当のことだからである。ドイツ人ほど矛盾した国民は考えられない。職人はいる、しかし人間がいない、哲学者はいる、しかし人間がいない、聖職者はいる、しかし人間がいない、主人と奴隷、若者と分別を持つ者はいる、しかし肝心の人間がいないのだ。この悲惨な状態は両手と両腕、そして五体が切り刻まれてばらばらに横たわり、おし流された血が砂のなかに消え去るしかない戦場のようではないのか？」

自分の生国《しょうこく》からは、就職義務不履行の廉《かど》で牧師職就任への宗教局の強制の手はいつ下されるかわからない。ライン河左岸にも侵攻してきたフランス人のあの画期的な革命に、一度はヘーゲルらと熱烈な讃美を表したものの、その後は革命後の新権力下の内部実態に失望を禁じ得なかったフランスの政治に、それでもなおドイツの救済を期待しないわけにはいかないほど病弊し堕落しきったドイツ。しかし同時にドイツ‐ルネッサンスと言いきれるほど人間の生命力を覚醒させた啓蒙主義から古典主義を経てロマン主義に至る、瑞々しい文学‐芸術‐哲学を貫く思想史を見事に形成し得たドイツ。誰よりもそのみじめなドイツをみじめな故に正視しつづけたヘルダリーンは、その歴史の現実から決して眼を逸《そ》らすことはなかった。そしてドイツの、どん底からの自力恢復をこそ念じたのである。彼はこの意味で、誰にも増して政治性に富んだ詩人であったと言える。政治的なのではない。他国への侵略も自国への侵略も許さず認めない時代、しかしドイツには文化の華を静かに養い育て、この華を基《もとい》にし、まずドイツに平和を、次いで人類全体に平和をもたらすことを国是とするためにもドイツの言葉と精神を軸にその全てを傾けつくして彼は、口先ではない本物の平和の顕現に詩人使命を賭けようともしていたのだ。

讃歌「平和祝祭」

結果から見て、どれほどフランスに領土主権と自国の政治中枢を譲る内容（ライン左岸もフランスへの割譲が公式に確認された）となったにせよ、リュネヴィル和約の完全履行への心底からの期待のなかで、これより約一五〇年も経た一九五四年手稿が発見された讃歌「平和祝祭」（Friedensfeier　一八〇一～一八〇二）が、最初は無題で書き始められる。その草稿の冒頭部のみ示そう。

和解させる者　かつて信じられたことのないほどの和解力を持つ者よ
いま　あなたはここにいる　わたしの親しい友の姿

となってたち現れた　不滅の者よ、
わたしはよく識っている　　あなたの巨きさを
思わず恭《うやうや》しく　ひざをかがめてしまうほどに、
そして　ほとんど盲《めしい》のように　わたしは
あなたに訊ねずにはいられない、すばらしい者よ、あなたは何故、
どこから　わたしの許に来たのかと、至福の平和よ！
この一事をわたしは知っている、あなたが死すべき者ではないという事実を、
何故なら　多くの事柄を　道を示す者や
ものを誠実に見る友らの一人が解明するにしても、しかし
神と言われる者が出現するときには、天空も大地も海も
一切を更新する清澄な光に射し照らされていくからだ。

ヘルダリーンは彼の彼方に現前するイエスが担う和解への使命を通して、イエスを神々やナポレオン＝ボナパルト（一七六九〜一八二一）を含む英雄らのなかでも特にヘラクレスと同質（一六八頁参照）の先導者《フユルスト》の役割を帯びた、平和を招来する霊的存在としてこの歴史的な和議の祝いの場へと招き入れ、平和霊とも名づけられるべき、和解と和解者の歴史参入の問題が正面から問われていく。その意味で特に本詩は、明らかに今日的な課題をはらんだ平和追求の讃歌にほかならない。

およそ実生活の保証を進んでもぎとり、またもぎとられもした完全失業者が我々の出発者のありのままの姿である。多分この裸形のままの詩人からしか、類似例を見つけるのが非常に困難な時代告発も時代追求も、未来まで見据え見通そうとする過激ですらある平和志向者の眼差しも見えてくることはないのだ。頌歌と悲歌が同列に並び、やがて終焉するなかで、今度こそ新しい讃歌が、ドイツ文学でもその最高峰に位置づけられる、我々の出発者によってほめたたえぬかれた歌々の後期讃歌が創られていく。ただ我々は、悲歌にもう少しだけ触れておく必要があろう。

悲歌「ディオーティマを悼むメノンの哀悼歌」　すでに掲げたディオーティマをめぐる頌歌に表明された相手との対等性への愛の純粋意志は、ほとんど同時期成立の悲歌「ディオーティマを悼むメノンの哀悼歌」（Menons Klagen um Diotima　一八〇〇～〇一）で結晶した。ディオーティマの喪失を嘆く哀しみは最も深い哀しみでありながら、そうであるからこそ不可能のはずの再会を見つめられる哀しみへと高められることで個は自身を広くおし拡げるまでにいちじるしく強められ、このような個も認知する共同体をも天上と大地をまたぐ神話空間に現象させようとしているからである。全九節のうち、第八、九節の一部を紹介しよう。

あなたを、ただあなただけを、あなたの光は保ちつづけている、おお　半神に等しい女人《ひと》！　あ
なたを光の内部に、

あなたの忍耐も、おお　よい女人《ひと》よ、あなたをいとおしみながら保ちつづけている。
それに　あなたは決して独りではない。友にはゆたかに恵まれている、
あなたが花のように咲きにおい　年ごとに開く薔薇のもとで安らっているときには。
そして　父自身がやわらかに息づく詩神《ムーサ》たちの掌を通して
優しいゆりかごの歌をあなたの許にまで届けてくれるから。
そうだ！　いまもあの女人《ひと》はあのときのままなのだ！　いまも全身で私のまえへと
浮かび出る、静かな足どりでこちらに歩を進めながら、あのときのまま、このアテネの女人《ひと》は。
心あたたかい親しい霊よ！　晴れやかに澄んだ額から
あなたの放つ光線が　祝福しつつ誤りなく死ぬ定めの人間めがけて落下していくように。
そのように　あなたはわたしにひとつの事実を証言し、わたしに告げる、この事実を他者にも
語り伝えるようにと、何故なら　彼らもこれが本当に在るとは思っていないのだから。
喜びこそ　おお　純粋な喜びこそ憂慮や怒りにも増してはるかに不滅であり、
日一日と耀《かがよ》いの照度を高め　遂には金色《こんじき》の日が出現してくるという事実を。
だから　わたしは、天上の者たちよ！　どうしても感謝したい、ようやく
胸底から鉛の重圧が減り始め　ふたたび詩人《うたびと》の祈りが息吹《いぶ》いてくる。
わたしが、あの女人《ひと》とともに、陽《ひかり》にあふれた丘に並び立ったときのように、

ひとりの神が寺院のなかから　励ましの言葉を私に喚びかけてくる。
わたしはやはり生きよう！　みどりも　おお　芽ぶいている！　聖なる竪琴から鳴りでるように
アポロンの銀色の峰々からの喚《よ》び声がひびきわたり　わたしを前へ前へと誘《いざな》い進ませていく！
さあ、来るのだ！　と言って。すべては夢のようだった！　血を流した傷だらけの翼も
もう癒えている、希望はみな生命を恢復し　生き始める。
偉大なものを見出す行為が多く、まだ多く残されている、そして　このように
愛を負い担ってしまった者はさらに行くのだ、どうしても行くしかないのだ、神々へと行き着く道程を。

…

悲歌の代表　ランダウアーに贈った「野外への散歩」（Der Gang aufs Land. An Landauer. 一八〇〇）、ズィークフリート＝シュミート（一七七四～一八五九）に同じく贈った「シュトゥットガルト」（一七頁参照）、放浪する者が一瞬の帰郷を夢想する「放浪者」（Der Wanderer）第二稿（一八〇〇～〇一）、驚くべき想像力で古代ギリシアの英雄らをエーゲ海の島々に喚び戻した大作「多島海《アルヒペーラグス》」（Der Archipelagus　一八〇〇～〇一）などいずれの悲歌も捨て難いが、

「パンと葡萄酒」　やはり「パンと葡萄酒」（Brod und Wein　一八〇二～〇三　二一三頁参照）を悲歌の代表作品として挙げないわけにはいかない。パンも葡萄酒も共にキリスト教の聖餐の儀式には欠かせないものだ

が、ヘルダリーンはこれらをその限られた儀式から解放しただけではない。彼はイエスをキリスト教から奪還し葡萄酒神ディオニュソスと同時に登場させることで、ギリシアの神々とイエスとを並列して両者ともひとつの一層深い根源より発しているとの巨視下に、大神で雷神のゼウスが太陽の光と雷雨で養育した葡萄‐葡萄酒と大地の実りの結晶のパンとが、天上と大地に同時に関与する深い恵みとして位置づけられる。

人間が日々享受するパンと葡萄酒を問うことは、我々の逃れきれない巨大な闇を正視し、これの全詩人存在からの引き受けからこそ明け初《そ》めるべき明の、昼をも未来へと明視し直す行為でもあったのだ。ここでは、ロマン派の詩人でヘルダリーンを理解し評価したクレーメンス＝ブレンターノ（一七頁、二七頁参照）に、数えきれないほど繰り返し朗読させた本悲歌の第一節（ブレンターノもこの節のみを読んでいた。最初の印刷化が独立した第一節だけだったからである）を示したい。冒頭部では、いま述べた独創的な詩の思想はまだ叙されるには至らないが、闇であるからこそ巨大な明るみを懐胎しその間近い出現を予示する、根本主題の「夜」を導入するすばらしい開始だ。

街《まち》の周囲は静かだ。あかりのともった路地裏もひっそりしてくる、
　そして、たいまつをかざし、馬車は音立てて走り去る。
人びとは昼の喜びに満足し休もうとして家路に急ぐ、
　利に聡《さと》い者は損得勘定に余念がない

家に居てにっこりと満足して。葡萄も花もすっかりなくなり、
　手仕事のざわめきもなく　にぎやかだった市場は静まっている。
しかし　弦の音が彼方の庭から聴こえてくる。たぶん
　そこでは愛しあう者が奏しているのだろう　あるいはひとりの寂しい男が
遠い友や青春の日々を想っているのだろう。そして　噴水は
　絶えず噴き上げ、香りたかい花壇のかたわらで　新しいざわめきをたてる。
ひっそりと暮れた大気に鐘声がひびき伝わってくる、
　夜番が時間を忘れずに時刻を大声で告げている。
いま　また風が吹いてきて林の梢がさわさわと鳴る。
　見て！　わたしたちの大地の影像、月も
いま　ひっそりと訪れた、夢見るもの夜がやってきたのだ、
　満天の星を従え　わたしたちのことなどほとんど気にもとめず、
あの驚嘆させるもの、人間界では異邦のものが　かがやきを放ちつつ
　山脈《やまなみ》の高みの上に　哀しげに華やいで昇ってくる。

Ⅳ　故郷から異国という故郷に

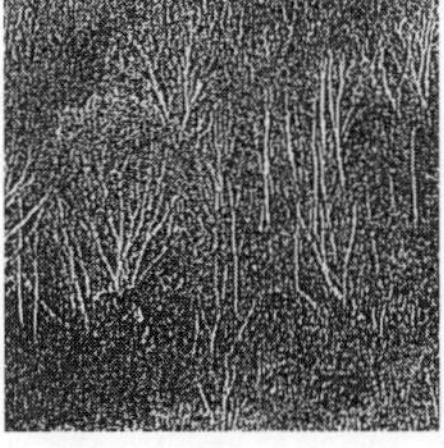

再び家庭教師として

ボルドーへ

ヘルダリーンは、初めてフランスの南西の河口都市ボルドーに赴く。片道約六〇〇キロの遠路というだけではなく、ドイツ語圏以外の国フランスへの、実際には最初の外国への旅であった。これまでの就職先も、当時ではどれもみな彼にはヴュルテンベルク公国以外の外国だったが、今回はあまりに遠いボルドーでの、ハンブルクの葡萄酒業で財をなしフランスでの信用を得たことからハンブルク領事も兼ねたハンブルク出身の成功者ダーニエール＝クリストフ＝マイヤー（一七五一～一八一八）家の家庭教師《ホーフマイスター》の口である。いくら貧窮へと自分を追い込んだからと言って、何故あそこまで遠い異国の町を希望したのだろうか？

実のところランダウアー始め親切な友人らからは、ギリシア語の個人教授やグループ授業の申し込みもないわけではなかった。だからすでに以前からほとんど習慣となっていた一日二食のきりつめた生活（ドイツでは食事は昼が中心で夕食は軽めとなるが、彼のように果物と紅茶程度で済ますのは体によくないことは明らかだ）さえ守れば最低限の独立生活は営めるはずであり、彼はそれを十分すぎるほど覚悟したはずだった。それにもかかわらず、この就業を引き受けたのは何故か？

誰もが抱くに相違ない疑問にまだ正解は出ていないが、まず考えられる理由はやはり賃金だろう。

彼にとって一定のまとまった金額を得るには、またしても家庭教師《ホーフマイスター》しかなかった。いずれの場合も契約なので、これが成立したあとはその約束に則り働いた日数に応じた分が支払われることだけは確実だからである。ヘルダリーンが、フランクフルトの豪商ゴーゲル家に紹介したヘーゲルの場合でもそうだが、子供の教育に本当に熱意のある実力教師を求める側にすれば、この条件に適う者を探す必死さもまた想像できるだろう。ヘルダリーンが、果たしてマイヤー家のこの必死さへの適任者だったかどうか、それまでどの場合にも失敗してきた彼の挫折の実例を調べた上での採用だったかどうかはわからない。

私は、彼が牧師の法的な有資格者でもあったことが主たる採用理由だったに違いないと考えている。ボルドーで説教を強要されたふしがあるからだ。ヘルダリーンが最も恐れていた事態が生じてしまった気配があるのだ。雇い主がいつでも家庭教師《ホーフマイスター》の首を左右できる立場にあり、教師の命運が雇い主に完全に握られているという紛れもない事実こそが、生活基金としての賃金にも直接関わる基本の問題になってくるのは自明なのだ。ヴュルテンベルク宗教局が追及の手をゆるめることはない牧師職への就任義務への恐怖の深まりはほとんど限界を越え、詩人自立は決定的となった。母親への無心は相変わらず続き、彼女からの聖職就任への要請と腑甲斐ない息子の世間並みの生活への望みも、送金の代償として執拗に続く。これらすべての負を敗残者の烙印のように押されつつある者の自立とは、彼が本当に詩人となることしかなかった。つまり出発者に。絶えず出発する者に。ただし断じて成功者としてではなく、人間と世間に断罪される敗残者として！　だから少しでも遠くへ、圏外へ、閾《しきい》を越え境《さかい》を越えて！　越え出る？　そう、幼児から彼は絶えず越え出てきた。父を、母を、兄弟を、キリスト教を、敬虔主義を、僧院学校を、神学校《シュティフト》を、家庭教師《ホーフマイスター》を、そしてドイツをいま越え出ていく。故郷から異国という故郷へ。彼に帰郷があるとすれば、多分この出ていく出発のなかに、そこでのみ可能となる故郷にしか見出されはしないであろう。

一八〇一年またしても一二月（一〇日前後）に、ヘルダリーンはニュルティンゲンを脱出する。ナポレオン統領制による中央集権化の始まりへの反動もあり、フランスのいたるところでこれに反対する勢力と取り締まる政府側との攻防がくりひろげられていた。こうした政治情況による治安上の問題から、ドイツから入国する通常ルートのパリ経由ではなく、ストラスブール、リヨン経由を採ることになった。ところがストラスブールに着いてからというもの、ようやく禁足令は解けても警察命令でパスポートが取り上げられ、二週間もの滞在を余儀なくされる。その上、反ナポレオン派の挙動不審の外国人も多数潜入しているとの報が飛び交っていた情報も手伝って、あるいはヘルダリーン自身にも容疑がかかったのかどうか？　ようやく解き放たれたあとは、真冬の嶮《けわ》しいオーベルニュ高地の山々を越え、氷河の谷を越え、「弾丸《たま》を装塡したピストルをしのばせつつ、硬い粗末なベッドで凍《い》てつくような恐怖の夜を明かした」（母宛　一八〇二年一月二八日ボルドーより）こともいく度もあった。ようやくマイヤー家に辿り着いたのは、出発から約一ヵ月半も過ぎた一八〇二年一月二八日になっていた。引用の母宛の手紙はしたがって、到着した当日の夜にしたためられたことがわかる。

讃歌「追想」

　ボルドーは芳醇な葡萄酒の産地としてすでに歴史上著名だったが、それにも増してボルドーの名を広く高めたのは、大西洋から世界各地へ向かう遠洋航路の船と、航海を終えて帰着する船、乗下船する船乗りらで賑わう航海の拠点の港町としてであった。ヘルダリーンがマイヤー家でどういう教育を行い、雇い主からどのような取り扱いを受けたかを物語るものはない（同時期に祖母ロズィーナが最晩年の七六歳で死亡した旨の母からの知らせがあり、七三歳の誕生日には母からの依頼で心をこめた詩を贈っていた祖母なればこそ彼らしい悔みの言葉が述べられたことに不思議はない。しかし母自身に向かっては短く、自分はいまは自制し優しい言葉はおさえたい。そうでなければもうこの世には生きていけないとのみ記したのは、その時点で厳しい鋼鉄の、事態を正確に認識する意志とそのための言葉を獲得することが彼にはいかに重い必然だったかを物語っているだろう（母宛一八〇二年復活祭直前の金曜日＝聖金曜日＝受難日　ボルドー））。ボルドーがまた何故河口都市でもあるかと言えば、二大河流ドルドーニュとガロンヌがここで合流し、ジロンド河となって海へと通じているからである。つまりボルドーは二つの河流が合流して流れ出るジロンド河の河口に位置し、海へと繋がっていたのである。我々はこの町の地理上の重要な特色を銘記しておくことにしよう。

　ドイツならば真冬に重なったわけだが、フランスでも南西に位置するボルドーはヘルダリーンには本質的に南の異国であり、冬でありながら春であり、春はもう夏ですらあった。光はまぶしく直射し、早くから水流に深く親しんでいた彼は水の都のような港町にいて、授業のないときには市街よりむしろ郊外へと歩を進めドルドーニュとガロンヌを遡ったり、二河流が合流し海のように広々

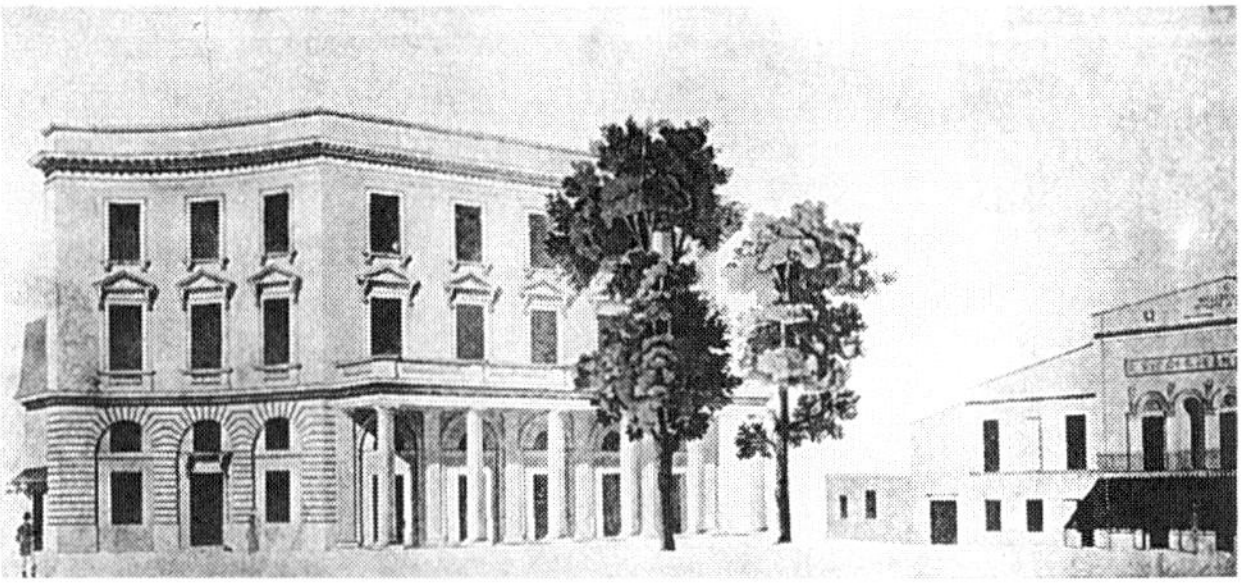

ボルドー領事ダーニエール＝クリストフ＝マイヤー邸　1781年ごろ，水彩・スケッチ画

としたジロンド河を下って河口まで至り、そこから遂に海にも行き及んでいたのかも知れない。こうした私の推測を十分に成り立たせる讃歌「追想」（Andenken　一八〇二〜〇六）が、帰国後しばらくして創られている。

追想

北東の風が吹いている、
かずかずの風のなかでもわたしの最愛の風だ
この風こそ火の士気
と　無事な航海を船乗りらに約束してくれるから。
いまは　しかし吹いていってくれ　そして挨拶してくれ
あの美しいガロンヌ河に、
そして　ボルドーのかずかずの庭園にも
そこでは、急傾斜の岸に沿って
細道が通り河流へと
音立てて小川が流れ落ちている、だがその上方には

堂々と連れ添うようにたち並ぶ
白揚《はこやなぎ》の樹々が見える。

今でも　それをわたしは鮮明に覚えている　また
楡《にれ》の森が大きく拡げた梢を
傾けている、水車小屋の上に、
裏庭には一本の無花果《いちじく》の樹が伸びている。
祭の日には
土地の日焼けした女たちが
絹のようなつやをおびた大地を歩む、
季節は三月、
昼と夜が等しくなるとき、
そして　ゆるやかな細道を
金色の夢々に重く沈みながら
子守りうたのような優しい風が吹いていく。

しかし　誰でもよい　わたしに手渡して欲しい、

暗いひかりをなみなみとたたえた
香りたかい一杯のグラスを、
それでわたしが休息できるように、
木蔭のまどろみは　さぞ心地良いだろうから。
魂を喪ったまま　はかない考えだけに
とらわれた状態にいるのは
よくない。でも
言葉を交し合うことはよい　そして
心底からの考えを述べ、多くを聞くことはよい
愛の日々、また
実際に生じたかずかずの行為について。

しかし友人らは　いまどこにいるのか？　ベラルミンと
同行の者は？　多くの者は
源まで行くことに臆病になる。
というのも　富は海でこそ
始まるのだ。彼らは

画描《えか》きのように
大地の美しいものを集めてくるが
風雨との闘いを軽んじはしない、それは
長きにわたり、孤独に徹して住まうためだ、
帆船の葉をつけない帆柱《マスト》の下で、
ここでは　町の祭り日が夜を照らし出さず、
また　弦楽器や故郷の踊り《ダンス》も見えてくることはない。

いまはしかし　インド人たちの許へ
男らは出発して行った、
そこ　葡萄山に接する
風の吹きわたる岬から、そこは
ドルドーニュ河が流れ下り、
ゆったりと巨きな美しさをたたえて流れる
ガロンヌ河と合流し海のような拡がりを見せながら
河流が流れ出ていくところだ。しかし
大海は記憶を奪い　同時に与えもする、

そして　愛もけんめいに眼をくぎづけにしようとする、
だが　留まりは、これを創り出すのは詩人らなのだ。

「アポロンに撃たれた」

「追想」は題名通りかつての時間を懐かしく想う意であり、ボルドーより帰国して数年間（一八〇二～〇六）に創られたと推定される。しかし、本詩がボルドーを回想して懐かしむだけの回想詩ではないことを全詩行が語っていよう。前半はボルドーの冬から春への自然が正確に描写されるが、後半ではボルドーを起点として出発していく者達、我々の言葉を使用すれば出発者の所在が根元的に問われ、彼が、彼らが最も孤独なはずの海へ乗り出していく、その保証されざる場所にほかならない「海」でこそ「留まり」も「詩人ら」が「創り出す」とまで明言されるに至るのだ。ボルドーの自然は、やはりジロンド河口より海に開口し、やがて大海にまで自らをおし拡げ、自身が拡がった果ての全自然になっていった。しかもこの全自然は、ヘルダリーン自身がそれにほかならない出発者と同質の出発をする者らを登場させ、「詩人ら」が「富」としての「留まり」の創造者となりその全経過の証明でもあることがいま要請される故に、出発者の言葉による仕事が新しい大地としての海でこそ創られていく全く新しい全自然にほかならない、讃歌「ムネモシュネ」を視座に入れた詩作事実が予示されたのである。

二〇世紀を代表する思想家ハイデガーが本詩をめぐって、とりわけ最後の詩行「だが　留まりは、これを創り出すのは詩人らなのだ」の詩人創業の問題を、外へ出て行く出発と源泉＝出発地にまた帰る往還から存在が創設されるとして、この帰結を自分の中心論旨へと取り入れつつ論述（一九四三年『記念論集』への寄稿）と講義（一九四一―四二冬学期）を行ったことは、思想史上でも非常に重要な出来事であった。しかしハイデガーのこの往還の図式ですら、とうていおさまりきれはしない新しい大地の「海」が、新たに「詩人ら」により「創」られるべき「留まり」の場所に生成してきていると言っておこう。本詩がボルドーの回想詩ではないと説いた所以である。ハイデガーでも読みきれなかったほどの自然参入と自然合一への把握と視界とをヘルダリーンが本詩にも用意していたことは、やはりこの詩人の巨大さを示す詩作世界の証言事実と言えるであろう。

　南方や光には言及したが、彼が往‐帰路の途上で最も直接に体験したのが自然の強烈な光力の散乱であった。この途上でこそ彼はドイツとは完全に異質の、それ故徹底して学び取るべき光と威力、しかしその具体性と直接性とは恐怖ではなく彼の詩人存在を根底から震撼させるような徹底して畏怖としての新しい光の体験、光による被爆だ。被爆者となるのでなければ識り得ない光の放射を全身に浴びたヘルダリーンは、帰国後友人カズィミール＝ウルリヒ＝ベーレンドルフ（一七七五～一八二五）に宛てて「僕はアポロンに撃たれたのだ」（一八〇二年一一月、ニュルティンゲンより）と伝えている。日の神《アポロン》の直撃による肉体への刻印は、夜という時代の闇に在りつづける彼の闇をも同時に明るみへと変貌させてしまう新たな盲目者となることを意味していた。「追想」に平行するように一連の頌歌詩篇《ツユークルス》「夜の歌々」（Nachtgesänge）を発表したヘルダリーンは、そのなかの「盲《めしい》の詩人《うたびと》」（Der blinde Sänger　一八〇一）と改稿「ヒーロン」（Chiron　一八〇二～〇三）で、自ら盲《めしい》となるのでなければ魂の眼による視力を獲得できない問題を通して巨大な闇と明るみを正視しようとしていったからである。そしてこの眼は、後のオイディプスをめぐる盲《めしい》把握へと繋がるだろう。

帰国とズゼッテの死

今度も何の前触れもなく、四ヵ月あまり働いただけで解雇され、五月半ば頃帰途につき、六月一〇日過ぎには帰国したものと推定される。ただ、シュトゥットガルトの友人宅とニュルティンゲンの母の家のどちらの方に早く着いたのかは、現在でも定かではない。いずれにせよ最初の到着先にはごく短い日数しか留まらずに二つの町を交互に行き来したであろうことと、到着時のヘルダリーンの有様が内も外も異様で、迎えた者がヘルダリーン本人とは直ちに分別しかねるほどの変わりようだったのはたしかだ。ヴィルヘルム＝ヴァイブリンガー（二一〇頁参照）や、カール＝ゴックの回想にも依拠した、小シュヴァープのクリストフ＝テーオドール＝シュヴァープ（一九頁、二一四頁参照）の著した伝記によれば、シュトゥットガルトの友人フリードリヒ＝マティソン（一七六一～一八三一）が驚いて入口に出てみると、髪も髭もぼうぼうで汗とほこりにまみれた男が立ち、一言「ヘルダリーン」とつぶやいたとされる。

帰国時の風体も尋常ではないが、帰路の疲労困憊《こんぱい》をも吹きとばし、ヘルダリーンを根底から完膚なきまで打ちのめす知らせが待っていた。ズィンクレーアがボルドーのヘルダリーン宛に出し（彼は詩人がまだボルドーにいると信じていた）、当然ながら本人不在のためシュトゥットガルトのランダウアー宅に転送されてきた手紙（一八〇二年六月三〇日　ホンブルクより）だ。それはディオーティマことズゼッテ＝ゴンタルト夫人の死を告げる手紙だった。ヘルダリーンを理解する親友でなければとうてい書けない励ましが、子供の看病から感染した風疹《ふうしん》がもとで急死した夫人の死のありのままの事実を知らせようと試みた、哀しみのショックを十分に予想した言葉で綴られている。一説によれば、ヘルダリーンはこの手紙を読む前に、実はすでにボルドーでズゼッテの病状の報告を受け驚いて急遽ボルドーを発《た》ちフランクフルトの病床の夫人を見舞い、最期も看取ったあとシュトゥットガルトに来た、つまり手紙を読む前に夫人との告別を済ませてきたと説かれる（P．ベルトー）。

しかしながら、それでは、ヘルダリーンにとっての旧知の医師エーベルが病床の夫人の許を度々訪れ大きな慰めを与えていたにもかかわらず、ズィンクレーアの手紙にヘルダリーンの名が一度も登場していないのは何故か？ またもし彼が本当に市内にいたのならば、彼女の病状の経過から結果までを、エーベルとも親しいズィンクレーアがゴンタルト家の当時の周辺事情を一切知らないまま、彼女の死をわざわざ手紙で知らせるなどおよそ考えられない事情が説明できるだろうか？ そして何よりも、ヘルダリーンが彼の手紙に触れるや文字通りの狂乱の体でニュルティンゲンに帰り、しばらくは周囲もさじを投げたほど続いた錯乱状態の真実を説明できない。あらゆる点から、彼が夫人の死を帰国後に初めて知ったものと考えられる。

これ以後ヘルダリーンはニュルティンゲンの母の家に寄食し、ボルドー出発前から構想し起稿はしたもののまとめるにはいたらなかった作品を含む諸詩の完成に向けて、持てる力の全てを傾ける時期に入っていく。精神の病は、寄食生活者の環境のせいもあり徐々に進行の度を加えていくかのように、何かにつけて感情の興奮による激怒と沈静との交替の徴候を見せる。しかしながらそれにもかかわらず、そのなかでこそ前述の後期讃歌と呼ばれる一群の巨大な讃歌が生まれ出たのもこの時期である。その代表作より一部分だが紹介したい。すでに掲げた「追想」は除く。

寄食者として

後期讃歌の始まり　後期讃歌の始まりを告げる作品と言えば、それは「あたかも祭の日の**「あたかも祭の日の朝」**　朝」（Wie wenn am Feiertage . . .　一七九九～一八〇〇）であろう。天上と大地を貫いて偏在する大気の気を触感もするヘルダリーンは、「祭の日の朝」のように天上から祝福された晴れやかな時間に、この時間が通例の晴れやかさとは異なる内容であることを識る。だから「祭の日」なのだ。神聖な気に直接触れたことで生じた全自然と最小存在の自己との対比からは、そうであるからこそ大気に充ち充ちる、天上からの恵みを恐れずに受け取ったあとは、詩人のこの全身で享受した賜物を自分の独占とせず、何よりも賜物を民衆に分配し分有していくことこそ詩人の使命となるよう厳しい促しが生じた。

あたかも祭の日の朝……

あたかも祭の日の朝、畑を見ようとして
農夫が出かけていくように、ちょうどそのとき

むし暑い夜空からは大地を涼しくする稲妻が明けがたまで
落ち　涼しくなり、遠くではまだ雷鳴が轟《とどろ》いている、
河水はまた岸をひたし、
生き返った大地はさわやかに緑となる
葡萄の樹は天上からのよろこびの
雨の滴《しずく》をしたたらせ
森の樹々は静かな日射しを浴びながら耀いている。

ちょうどこのように　彼らは立っている　恵まれた天気の許《もと》に
どんな巨匠でもひとりでは彼らを育てられはしない、絶妙に
偏在し軽々と抱き上げながら
力強く、神々しく現前する自然こそ彼ら詩人たちを養い育てるのだ。
だから自然が年の時々に
天空で　また植物や諸国の民衆のなかで眠っているように見えるときには
詩人らの顔も哀しげにくもり、
孤独でいるように見える、しかし詩人らは休みなく予感している。
何故なら　ほかならぬ自然自身が予感しつつ休息しているからなのだ。

しかし　いま夜が明けようとしている！　わたしは待ちぬいてそれが来るのを見た、
そして　わたしが見ていたもの、この神聖なものをわたしの言葉としていこう。
それは歴史上の時代より古く
西東の神々すら越えていく自然自身、
この自然が剣を交える音とともに目覚めたからだ、
そして　天空の高みのエーテルから大地の深淵に至るまで
太古の昔と同じような、揺るぎない掟にしたがい、聖なる混沌から生まれ、
いま新たに生き生きとした霊的な気、この万物を産み出すものは
ふたたび　自身のちからを感じとろうとしているからだ。

高貴な仕事を企てたときの
男の眼に火が燃えさかるように、
新たに　それが合図となる、世界の偉業に接して　いま
詩人らの魂には火が点じられた。
以前生じてはいても、ほとんどひとが感じとらなかったことが、
いまこそ　ようやく明らかになる、
そして　しもべの姿をして　わたしたちに微笑みながら、

畑を耕してくれたもの、それがはっきりわかったのだ、
生気に充ちあふれたちから、神々の諸力が。

あなたはその所在を問うのか？　歌にこそこれらの諸力は吹いている
歌が昼の太陽と暖かい大地から
生成してくるとき、また空を吹きゆく嵐、そして　もうひとつの嵐、つまり
時代の深みのなかで念には念を入れて準備され、
一層の意味に富み、そして　更に一層わたしたちに気づかせてくれるように
天上と大地のあいだ　諸民族のもとで吹きわたる嵐からも生成してくるときには、
共通の霊的精神の思想も生まれているのだ、
詩人の魂のなかでひっそりと終わっていくのではあるが、

このようにして急激な打撃を与えられると、無限と
永く知り合っていた詩人の魂は、記憶により
震えわななき、その魂には、聖なる光線に点火され、
愛から産まれた結実、神々と人間による共同の作品、
歌《ゲザング》が両者を証《あかし》するために成立してくる。

まさしくこのように、詩人らが伝えるところでは、セメレが
主神ゼウスを目《ま》のあたりに直接見ようと強く希望したために、雷電は
セメレの家に落ち　神の火に撃たれた女は産んだ、
雷雨の結晶、あの聖なるバッカスを。

こうした経緯により　天上の火を　いま
大地の子らは危険なく飲み干すのだ。
しかし　わたしたちにふさわしいのは、神の雷雨の下に、
詩人たちよ！　無帽のまま立ち、
父の電光を、電光そのものを、自分の手で
つかみ取り　歌《リート》に包み入れて民衆に
天上からのこの賜物を手渡そうとする行為だ。
何故なら　わたしたちが子供のような純粋な心だけを持ってさえいれば、
わたしたちの両手が無実であるなら、
父の電光、この純粋な光は、心を焼き滅ぼすことはない
そして根底から揺さぶられ、更に強い者　神の
悩みを共に持ちつつ、この神が近づいて、天上から

襲い落ちる嵐が勢いをきわめてきても、心はもう迷わずに立ちつくそうとする。
だがわたしは哀しい！　たとえこのことを

おお　わたしは哀しい！
（手稿では2行あき）
たとえ　わたしが、
わたしが天上の者たちをありありと見るのは近いと　どれほど口に出したとしても、
その彼ら、神々自身がわたしをこの世のまっただなかへと投げ入れてしまうのだ
わたしという偽牧師を、暗闇のなかへと、わたしが
警告の歌を　教えに従順な者たちにうたうからと理由づけて。
その場所では

半神の運命になぞらえた讃歌「ライン河」　そして人生の半分にさしかかっていたヘルダリーンは、この半ばの地平に立ちつくす自身をもはや頌歌ではない自由律で絶唱した。二節だけからなる間《はざま》の詩「生の半ば」（Hälfte des Lebens　一八〇三〜〇四）だ。

黄色く実った梨もたわわに　鋭く落ちる

野ばらもいっぱいつけて
陸が湖に、
愛らしい白鳥よ　お前たちは
口づけに酔い痴れて
頭を浸《ひた》す
濁りのないひんやりと鎮まった水に。

おお、どこでわたしは摘もう、
冬が来たなら、花を、どこで
求めたらいい　日射しを
大地の影を？
囲む壁は
言葉なく冷たく立ちすくみ、風に
カラカラと風見が鳴るばかり。

自身が放浪する者にほかならないヘルダリーンは、前述の二稿にわたる悲歌「放浪者」（一七九六～一八〇一）で故郷を軸に、自らを極北から南の果てまでさまよわせた。讃歌「放浪」（Die

Wanderung　一八〇一）では、黒海から「スエヴィア」（Suevia/Suevien　シュヴァーベンのラテン語形）を経て小アジア、多島海、ギリシアへの放浪は、美と優美の女神‐天の娘ら「グラーツィエン」＝「カリスたち」をシュヴァーベン、つまりドイツへともたらしたい希望で終わる。天上の女神らが大地への類縁の者となって訪れ人間に関与していく主題設定は、他の讃歌との関連で注目される。放浪は水流も同質である。頌歌では、「マイン河」（Der Main　一七九九）や「ネッカー河」（Der Nekar　一八〇〇）など忘れ難い美しい作品が誕生したが、ヘルダリーンはこれら二つの河が注ぎ入る大河ラインを採り上げる。彼は純粋な源泉としての自分の出自を問いつつ奔流のように駆け下るこの河を、半神の運命になぞらえて歌った。人間にも半神はいる。ルソーが、そして本讃歌「ライン河」（Der Rhein　一八〇一）を献じたあのズィンクレーアが。

その声は河流のなかでも最も高貴な流れ、
自由の身に生まれ出たライン河の声だった、
ラインは、スイス・アルプスの高地からの兄弟、
テッシン河やロンダヌス（ローヌ）河とは異なる望みを抱いていた、
ラインは別れと放浪を望んだのだ、そしてもどかしげにラインを
アジアへとせきたて駆りたてたのだ　王者の魂が。
しかし　この望みも

運命を前にしては無分別となる。
しかし　盲《めしい》の最たる者らは
やはり神々の息子たちだ。何故なら　人間は
自分の家を識っており　動物にも
棲むべき居場所が与えられる、けれども　神々の息子らには
自分がどこへ行くのかわからない、という欠如が
経験を積み重ねていないこの魂に与えられている故に。

謎なのだ　純粋な状態で生じてきたものは。
歌と言えども　この謎のヴェールを取り去ることは許されない。何故なら
お前は生を開始したときのまま、留まっていくと思われる故に、
どれほど窮乏と紀律が働きかけようと、最も多くを果たせるのは
やはり生まれだろう、
それに新しく産まれたものに
出会う光線なのだ。
しかし　いったいどこに、
生涯のあいだずっと

自由にとどまろうとして、また心の希望を
ただ成就しようとして　それだけのために、
ラインのように、十分に恵まれた高みから、
そして神聖な母胎から
幸せに産まれ出たものがいるだろうか、ラインのように？

（第三、四節）

イエスへの特別な愛

悲歌「パンと葡萄酒」で、酒神ディオニュソスと並んでイエスが登場し半神の性格を帯びている一点をすでに指摘したが、かねてイエスに抱きつづけてきた愛着は、讃歌「唯一の者」（Der Einzige　一八〇二～〇五）でも基本性格が変わらないままその把握が深められるにいたった。ディオニュソスとイエスに、更にヘラクレスが並列し、何よりも三者のこの並列を確認した上で同じ半神性を持つ身でもイエスへの特別の愛が追認される。ヘルダリーンを脅かしつづけた宗教局からも、教会からも、神学校からも、キリスト教からも何と自由に、しかも「あたかも祭の日の朝」の最終詩行のように異端者としての傷痕の徹底した自覚下に、キリストがいまこそ最愛の者となって他の二者と共に歌われたことであろう。

数えきれないほど美しいものを　わたしは見た、

そして人間に
たちまじって生きる
神の似姿を歌った、しかし　それにもかかわらず
あなたたち古代の神々と
あなたたち神々の全ての勇気ある息子らよ
なおも一者をわたしは探す、
あなたたちのなかで　わたしが愛するそのひとを、
あなたたち一族の最後の者
家の宝石を　あなたたちはわたしという
異郷の客の眼から隠蔽したのだ。

わたしの師であり主でもあるひとよ！
おお　あなた、わたしの師よ！
何のために　あなたはずっと遠方に
居たのか？
わたしが古代の人々のなかに
英雄や

神々を尋ね歩いたとき、何故あなたは出かけたまま
戻ってきてはいなかったのか？　　そして　いま
わたしの魂は哀しみでいっぱいだ
天上の者たちよ、あなたらは
わたしがひとりの者に仕えるのなら、
他者が欠けることになると言って、激しく嫉妬するかのようだ。

しかし　わたしにはわかっている、それはわたし自身の罪だ
ということを！　何故なら　わたしはあまりに
おお　キリストよ！　わたしはあなたが好きなのだ、
あなたはヘラクレスの兄弟なのに
思いきって告白しよう、あなたは
葡萄酒神《エヴィーア》の兄弟でもあるのだ、あの神は
自分の車に
虎たちを繋ぎ　そして
インダス河のほとりまで駆け降りて行き
喜びの作業を命じ

葡萄の実る山をつくり上げ　さらに
諸国の民衆の怒りをなだめたのだ。

けれども　わたしには強い羞じらいがある
これが阻むのだ　わたしが
現世に関わる英雄らをあなたと較べようとしても。
…
（第一稿　第三〜六節）

三者は後の改稿では次のように表される。

三半神の並列

このようにあの三人は同等だ。みな喜びを浮かべて。まばゆくみどりに萌えでた
三つ葉のクローバーなのだ。
（手稿では7行あき）
あの三人はしかし
太陽を浴びて
狩りをする猟師、また

仕事から解放され、帽子を脱いで
一服する農夫、また物乞いなのだ。
ほかの英雄らはそうではない。
（手稿では4行あき）
ヘラクレスは先導者。バッカス（ディオニュソス）は共通の霊。キリストは　しかし
終わりなのだ。多分この者は別の生まれを持つのだろう。

本詩で三人の半神がこの並列でこそ各特性が定義され、それにより初めてキリストが欠かせないこの一人の位置を与えられたことは、ヘルダリーンがいかにキリストを捉えていたかを理解するためにも非常に重要な意味を持つと言える。このような言い定めは、詩人の独断に基づくキリストの貶《おとし》めであろうか？　そうではない。二人のギリシアの英雄とキリストとが、それぞれに異なる歴史使命を帯びながら、しかしヘルダリーンの詩界でいま親密に、緊密に類縁者どうしとして結び合って、詩人らと人間の大地に関与し始める。天上と、特に最後に現れたキリストが去り夜の大地とを貫く平和の創建に新たに寄与していくべきキリスト把握（一三四頁参照）では、キリストは「唯一の者」の唯一性が帯びざるを得ない聖性をふりかざす権威の絶対性や排他性を脱して、ほとんど詩人の恋人のような人間性を放つ者と解されたのである。これは解釈や解義ではなく、ひとつの独自と言うにはあまりに革新性に富んだ、三半神‐並列においてこそようやく到達し得たヘルダリーン

のキリスト詩にほかならない。

讃歌「パトモス」

ヘルダリーンはキリストの彼方に、小アジアに行った弟子のヨハネが流刑の身となりそこで「ヨハネ黙示録」を書き残した島、パトモスを見やっていた。キリスト教思想とギリシア思想という一部東方にもまたがる二大歴史思潮が、越境し放浪する詩人の眼により自在に飛翔を始めていた事態が了解されよう。その眼差しが詩を歌う者の生みの国ドイツに注がれていくのは、これまでの、異なるものへの真摯な近づきが同時に獲得してきた重い必然でもあった。彼は、ほぼ四つの改稿を持つ讃歌「パトモス」（一八〇二〜〇三）のなかの一稿を清書して（それ故「清書稿」と呼ばれる）、ホンブルク方伯（一〇六頁参照）に献じた。本詩でもヘルダリーンはイエスと彼に従う者らの足跡を訪ね行く構成を採り、ギリシアの神々にたちまじるキリストへの愛が確認され、英雄らとその父、そしてキリストらの発信する愛の意味を正確に説き明かすことをドイツへと歌い贈りたいと心底から祈りこめた。「唯一の者」で詩人との不可避の関連が明らかになったイエスを中心に、弟子達の言動が聖書の枠内だけではなく、現代という夜をどのような光で照らしだす力となり得ているかどうかを問うためである。ドイツ文学史上でも、よく箴言《しんげん》のように引用される冒頭四行を含む第一節を紹介したい。大胆な、既成の韻律法則を破壊するような起爆力を秘めた詩語と詩行間のリズムは、翻訳だけで伝えきろうとしても非常に困難である。特に冒頭第一行は、原語 Nah ist では通常讃歌詩法に則り Năh īst であるところを、「近い」Nah に詩行意の最大力点が置かれる故に、次語の述語 ist と共に Nāh īst と二重強音になり、この切断配置から二つの強音のみで第一行を構成する創造例を示している。冒頭四行の原文にはアクセント記号（¯は強音、˘は弱音、古典詩による長短の基本リズム）を打っておくので、このリズムを読みとる参考になろう。

パトモス

ホンブルク方伯に

間近には　いるだろう
ただ　容易に摑《つか》めはしない　神は。
しかし　危機のあるところには、
救済力も生じてこよう。
暗闇のなかに
鷲たちは棲《す》む　そして怖れもしないで渡っていく
アルプスの子　住みびとらは　軽く架けられただけの幾つもの橋を。
その囲りにはぐるりと、重なりそびえ立っている
時代の頂《いただき》が、そして最愛の者らは

すぐ近くに住んではいても、疲労困憊《こんぱい》しているのだ
どこまでも遠く隔たる山々には、
だから与えてほしい　汚れのない水流を、
おお　翼を　わたしたちに与えてほしい、変質しはしない心を貫き
彼方へと出ていくための　そしてふたたび帰ってくるための。

　Nāh īst
Ŭnd schwēr zŭ fāssĕn dĕr Gōtt.
Wŏ ābĕr Gĕfāhr ĭst, wä̆chst
Dăs Rēttĕndĕ āuch.

讃歌「イスター」　「ライン河」の詩人は、南西ドイツのシュヴァルツヴァルトの東部に水源を持ち、オーストリア、ハンガリー、バルカン諸国までアルプスを貫流して流れゆくドナウ河にも、特別の眼差しを贈っている。讃歌「イスター」（Der Ister　一八〇二〜〇六）の「イスター」はドナウの別名で、ギリシア人がドナウをイストロス（Istros）と呼び慣わしてきたことから出たドイツ語（英語ではダニューヴ）である。黒海に通じるということは、そのまま東方への連なりを意味している。この河がラインとは異なり実にゆったりと動き、沿岸地域を広く豊

かにうるおしている事実にヘルダリーンはあらためて驚くのだ。最終行「しかし　あの河流が行うことを、／知る人は誰もいない」は、「ライン河」の「謎なのだ　純粋な状態で生じてきたものは」を想起させよう（一六三頁参照）。西方と東方とを結ぶ大河は、最も身近な場所を歌うことの意味を詩人に開示して止まない。第三節前半と最終第四節を掲げる。

イスターは　しかし　ほとんど
引き返してくるように見える　そこで
わたしには、この河が
東方から流れてくると思えてならないのだ。
これについては　きっと
多くのことが言えるのだろう。それにしても何故イスターは
山々に後ろ髪を引かれるように流れるのか？　あのもうひとつの大河
ラインは　これらを性急に脇にかわして
走り去っていったのだが。
…

成長を始めるところで

青春が始動を告げるべきときに、
もうひとつの大河ラインは　はやくも高いところで
堂々と喜びをいっぱいにみなぎらせ、元気な子馬のように
柵のなかで暴れまわるのだ、そしてはるか遠くまで
暴れぶりが風に乗って聞えてくる、
イスターは　それでよいとしているからだ。
しかし　岩も流出路を必要とし
大地も鋤《すき》みぞが欠かせないように、
寄り道がなければ、途中の全ては索漠としたものになろう。
しかし　あの河流が行うことを、
知るひとは誰もいない。

思想性からも注目される「ムネモシュネ」　ここで、一度名前のみ挙げた讃歌「ムネモシュネ」（Mnemosyne 一八〇二～〇六）を一瞥したい。ムネモシュネは記憶を意味する、天上の神ウラノスと大地の女神ガイアとの娘で記憶を司り、ゼウスとの間に九人のミューズを産む。初稿には「女神《ニュンフェ》ムネモシュネ」（Die Nymphe Mnemosyne）の題名がつけられた。同時に「蛇」（Der Schlange）、「しるし」（Das Zeichen　第二節）なども試みられたが、結局「ムネモシュネ」となっ

た。およそ全三節相当部分をそれぞれ二、三回にわたり手を加えていて（特に冒頭節は三回改稿）、ヘルダリーンがいかに力を傾けつくしてこのほとんど最後の、ひとつのまとまりを持つ讃歌の完成に取り組んだか容易に想像される。私は「追想」の論述箇所で、故郷からの出発者が出ていく場所としての海の問題が必然的に「ムネモシュネ」に繫がると指摘した（一五〇頁参照）が、本詩は、海へ出発し、詩作という「富」を創るとされたあの根本主題を新しい故郷創造の関連下に引き継いだと考えられるのである。第二、三節については特に大きく改稿されていないので最終稿により訳出するが、第一節は初稿、第二、最終各稿の各詩行の帯びる思想性の視点からハイデガー、アドルノ、アレマン、ヘンリヒ（三〇～三二頁参照）始め他の思想家、文学者達によってもよく引用されるので、これら二稿を並べて掲げてから最終稿の全訳を示し、やや詳しく見ていこう。

　　　　　　しかし
歌わねばならないものは数多くある
　花も水も感じとっている
あの神が近くにいるのかどうかを。何故なら　さぞすばらしいだろうから
天上と大地の婚礼の日は、　しかし　わたしたちはかえって不安だ
これに与《あずか》る名誉のために。　情況が怖しいばかりに
混乱の度を増していくからだ、もし　ひとつのことが　わたしたちを

過度に強くとらえるときには。
しかし　最も高い者がいることは疑いない。この者は日々
情況を変更できる。彼が
掟を必要とすることはまずないが、掟は
人間にはとどまっていかなければならない。数多くの男たちが現実に、本当に
居て欲しいのだ。天上の者たちと言えども
全てが出来るわけではないのだから。つまりは到達するだろう
死すべき者たちの方がより早く深淵へと。そうして情況が転換していく
これらの者たちと共にこそ。十分すぎるほど流れている
時間は、だが生起するのだ
真実のことは。

（第一稿第一節）

ひとつのしるしなのだ　わたしたちは、解義力もなく
痛みもなく　わたしたちは　ほとんど
言葉を異国で喪ってしまった。
人間の住む上方の

天空で争いが生じ　無軌道に
月が進むときには、
海も語り　河流も
自分で路を探し出していかなければならなくなる。
でも　一者がいるのは疑いがない。この者は
日々　情況を変更できる。彼が
掟を必要とすることはまずない。そして　木の葉が音を響かせる　すると槲《かしわ》の樹々は風に吹かれて
　ざわめくのだ
雪嶺《せつれい》のほとりでは。何故って天上の者たちと言えども
全てが出来るわけではないのだから。つまりは到達するだろう
死すべき者たちの方がより早く深淵へと。そうして　エコーが転換していく
これらの者たちと共にこそ。十分すぎるほど流れている
時間は、だが生起するのだ
真実のことは。

（第二稿第一節）

もう熟している、炎にも浸《ひた》され、料理されている

果実は　そして　大地で試されている、掟、
一切は滅びていく掟は、蛇と同様に、
予言をはらみつつ、夢見ている
天上の丘々で。多くの事柄が
ずっしりと肩にのしかかる薪《たきぎ》の重荷のように
大切に守られねばならない。しかし　惨憺《さんたん》たる有様だ
路という路は。つまり路を逸《そ》れて、
暴れ馬のように、暴走する、囚われていた
自然の諸力や旧来の
大地の掟のかずかずは。いつもきまって
無拘束へとひた走る　あこがれは。しかし多くの事柄が
大切に守られなければならない。だから誠実が不可欠なのだ。
しかし　前方へも　また後方へもわたしたちは
眼を向けるつもりはない。さあ　波に揺られるままにこの身を任せよう、
大海に漂う小舟にいるように。

しかし　愛するものはどうなのだ？　日の光が

地面にあたるのが見える　また乾いた砂が
それに故郷の森々の木蔭が　また
どの屋根にも、塔の古びた頂きのそばに、
のどかに煙の花が咲いている。実際
天上のものが抗弁して
詩人の魂を傷つけるときは、やはり　これらの日常のしるしは深い慰めだ。
それは雪が、五月の花々のように　みどりと半分ずつ分け合って、
場所はどこであれ、
高貴な勇気の意味を示しながら、
アルプスのみどりの野で
耀いているからだ、そこの
途上で倒れた人々のために立てられた十字架について語りながら、
高地の山道を
ひとりの旅人が怒りの表情もあらわに、
未来を予見しつつ通っていく
同行者と連れ立って、しかし　一体これはどういうことなのだ？

無花果《いちじく》の樹のかたわらで　わたしの
アキレウスは死んだ、
そして　アイアスは眠っている
海の洞窟のそば、
スカマンドロスに隣接する、小川の川辺に。
かつて顳顬《こめかみ》にざわざわと鳴る風を受け、
不動のサラミスの揺るぎない
習慣に則って、そこ　異国で
アイアスは偉大な死を遂げた
パトロクロスは　しかし　アキレウスの鎧《よろい》に身をかためたまま戦死した。また斃《たお》れていった
多くの他の勇者らも。キタイロン山の南麓には
ムネモシュネの町、エレウテライがあった。ただこの町からすら
神がマントを脱いだとき、この夕べの告知者は断ち切ったのだ
この町の捲き毛を。天上の者らは
許し難く思う、ひとが魂を大切にせず
自制しようともしないときには、しかし　彼はどうしてもそうしないではいられない。この者と
同様に　哀悼も誤りということになるのだ。

ただ、海へ乗り出し「富」が「始まる」とは言明しても、「大海」という無保証の世界で「富」を「創り出す」のはほとんど絶望的である。「言葉」は「異国で喪」われるにいたる。敢えて出発したのはよいが、無保証の徹底性のあまりの凄まじさに「前方」も「後方」も見つめる勇気を持てず、「身を」「波に揺られるままに」「任せ」るのみだ。

新しい故郷を創る

我々の出発者はどうなったのか？　この危険水域で彼はなすことがもはやなくなったのか？　違う、取りすがるよるべの一切ない世界で身動きできなくなったほどの未曾有の困難を歌うということ、どうしても歌わねばならないということ、「深淵」にまで「到達」しながら「真実のこと」が「生起する」と言明される以上、もういかなる詩人撤退もあり得ないのだ。それならばひょっとして可能なのは「前進」のみかと言えば、それとはまた違う事態が明らかに生じている。最も厳しい条件の課せられた「異国」でこの世界を表現すべき「言葉を喪」い、これを解き明かす「解義力」を獲得するまでは行き着かなくても、ここでひとつの「しるし」で在ることはできよう。すなわち「波に揺られ」て「大海」で漂流する「小舟に」に在りつづけている極限の状況自体が「しるし」にほかならず、最も極小で最も不安定なこの「しるし」からこそ初めて彼には可視とされてきた世界こそ不可視の故郷であるはずであり、これを消滅させてはならない、保持すべき「掟」も自ずから必然となり得るのだ。

ここから前進とも後退とも異なるとしか言えない、ヘルダリーンが最後に到達していった最も危険な世界でこそ最も豊饒な世界、「かつてわたしはミューズに訊ねた……最後に味わう禁断の実こそ祖国」と讃歌「故郷」（Heimath　一八〇二〜〇六）で歌いきった、その見出しが最も困難だがいまこの困難な「祖国」、つまり全く新しい故郷を創るという創造内容が明らかになってくるだろう。無保証なはずの世界が何故豊饒かと言えば、讃歌に基づくこの世界 - 故郷創造は大地の側からだけではなく、何よりも天上の神々と人間との共働でおし進められてきていたからである。天上の者たちは、彼らを感じ取り具体的に言い表してくれる他者を要請している。それはとりわけ詩人にほかなるまい。詩人こそ他者自身となって、至高の父や神々の発信する発信内容を傍受しこれを民衆に正確に伝えていく責任を負った者だからである。

詩人の「祖国」

いま「大海」での詩人による創造が、ひとつの紛うかたなき「しるし」として記憶され始める。大地と天上の双方に。「ムネモシュネ」はまた、古代ギリシアの英雄アイアス、アキレウス、パトロクロスらへの哀悼の問題も正視するが、哀悼も誤りとする言及の故に一見主題と矛盾するかのような印象を読む者に与えている点は否定できない。たしかにヘルダリーンは本詩最終稿第三節の末尾で、記憶自身であるムネモシュネですら忘れられていくが、その忘却を哀悼することも実は誤っているとまで言いきるにいたる。まさしく無保証しかない絶対無が、無の言葉を一語も用いずに断言されたのである。だが女神ムネモシュネの忘却を哀悼するだけでは、ムネモシュネを命名したヘルダリーンの根本意図は理解できないだろう。これはムネモシュネの消失やその完全な忘れ去りへの嘆きなのではない。一切の記憶忘却という怖るべき事実を、どこまでも、どこまでも記憶しつづけることにほかならない。このときヘルダリーン最愛のあれら英雄らへの哀悼すら、主題の記憶自身が忘却されることで例外は設けないと歌われているのである。いま我々にこの哀悼の否定とも異なる新しい記憶が許され、贈られた。そして我々にも、詩が現前させているこの現在からこそ、詩人と共に出発していく新しい連帯責任がゆだねられたのだ。

「解義力」を持てず、「言葉を喪」いながら、「大海」にまで自分を出発させ漂流させて、ここに在りつづけることを表明するのでなければ、しかもその上でもなお死者を哀悼するだけでは出発者の記憶は成就不可能なのである。彼の記憶とは、それ故ムネモシュネを一度は忘却しなければ成就が不可能な記憶である。ヘルダリーンによって提出された記憶は、こうして既存の記憶の忘却を前提にしつつ、現在から未来へと差し渡されていく記憶、つまり現に創られてきた新しい故郷を、どこまでも記憶しつづけようとする讃歌による詩人意志を表明したのであった。

ヘルダリーンは記憶をめぐる彼の詩作での最後の根本問題を、空白も多く十分な読解がなされているとはまだとうてい言い難い同時期成立の諸讃歌‐詩篇で繰り返し歌っている。結論が出たのではない。彼が独力で、ひとつの道筋を示したのだ。歌《ゲザング》によって。これが永劫に出発者になることによってこそ獲得し得た大地と海とが連続する全く新しい故郷世界に、太古の初源からの時間が参入し東方と西方とを含み容れる巨大な歴史世界が現れ始めてきたヘルダリーンの詩作事実なのだ。ヘルダリーンには、「大海」での、遂にひとつの途上、天上と大地という宇宙をこの新しい大地でこそ映し出す水鏡、永劫の出発者にはいかにも適った途上が途上のまま、詩人の「祖国」、故郷となって出現してしまっていたのである。

ソフォクレス悲劇の解釈　この時期のヘルダリーンの仕事で讃歌のほかにもうひとつ挙げるべきものは、ギリシア悲劇、とりわけソフォクレス（前四九七～前四〇六）の『アンティゴネー』（Antigonae）、『オイディプス王』（Oedipus der Tyrann）の翻訳とその「注解」（Anmerkungen 一八〇四年四月刊行）である。これは『ソフォクレスの悲劇』（Die Trauerspiele des Sophokles 全二冊）の表題を持ち、フランクフルトの出版社主フリードリヒ＝ヴィルマンス（一七六四～一八三〇）の手で公刊された。彼の翻訳がギリシア悲劇の現代化ではなく、現代でこそ甦らせるべき古代ギリシアそのものの悲劇性の正当な復権を志す純粋な詩人意志によってなされたものだけに、我々はその意気込みだけではなく喜びもいかに深かったろうと想像できる。『ヒュペーリオン』はすでに刊行され、念願のソフォクレスの翻訳もこうして公になる。唯一、詩人の中核の詩のみが未刊行である事実を彼が知らないはずはなかったろう。しかしゲーテ、シラーらの当代の大家に認知されたとはとうてい言い難く、いつまでも声価の定まらぬ詩人に、独立した詩集を編もうとする果敢な版元は未だこの時点ではなかった。またピンダロスでは、「勝利歌」のほかに「ピンダロス断片」も訳し、これに独自の「注解」を加えている（以上一八〇〇～〇五）。彼が古典ギリシア語に秀でていたことは少年期から積み重ねられた研鑽によりイェーナ大学の講師を志願したことからも想像がつこうが、我々は彼が何故ソフォクレスやピンダロスを選んだのか、その理由内容をこそ知る必要

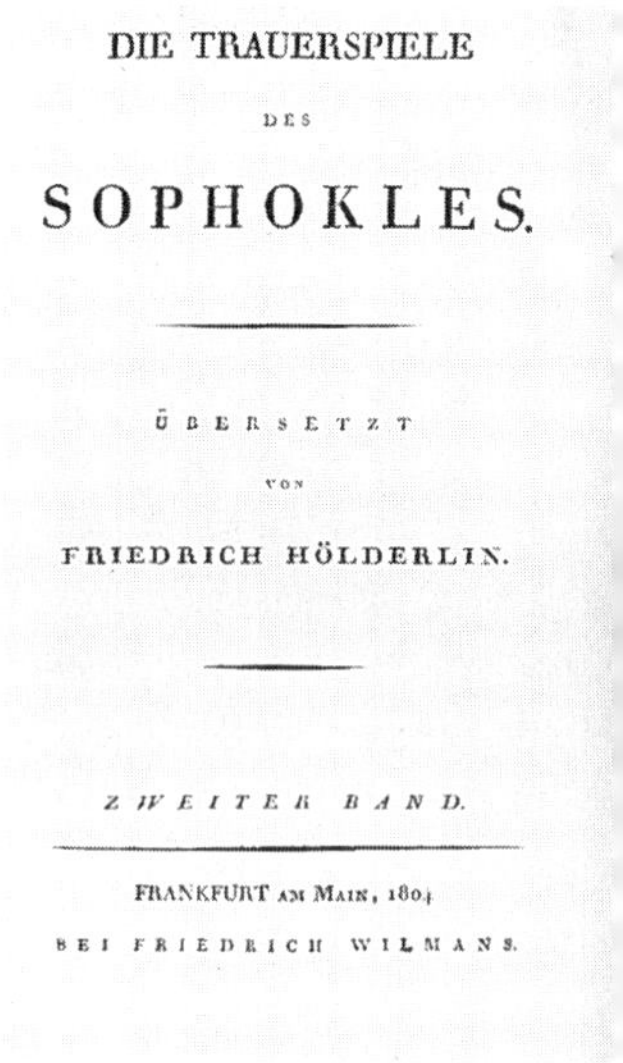
DIE TRAUERSPIELE

DES

SOPHOKLES.

ÜBERSETZT

VON

FRIEDRICH HÖLDERLIN.

ZWEITER BAND.

FRANKFURT AM MAIN, 1804

BEI FRIEDRICH WILMANS.

ヘルダリーン訳『ソフォクレスの悲劇』第2巻　フランクフルト，ヴィルマンス書店，1804年

があろう。

　ピンダロスは卓越した詩人性だけではなく、何よりも「勝利歌」創作による詩法確立の代表者、典型として、ソフォクレスは並みいる悲劇詩人のなかでも特に時代と人間の運命の問題を主人公には必須として正面から捉え、両者とも古典古代《アンティーケ》期に文学の普遍性を見出していた。ここにこそヘルダリーンが彼らが提出し時代と人間を神々との不可避の関連下に見据えていった観察態度を、現代の詩人の担うべき文学の認識視点として全的に感受し新たに現在に、そして未来へも普遍化し得るものと把握していた創作の経過事実が指摘できよう。そのため彼は原典を翻訳しただけではなく、これに付した解説を、添えものではない独立した「注解」として自身の詩作のための詩論にまで深めたのである。つまり、ソフォクレス悲劇の解釈を自分の詩‐讃歌のための根拠にしたということである。相当に難解な二つの「注解」は『オイディプス王』『アンティゴネー』に即した解説を行いながら、ソフォクレスが悲劇においていかに歴史に相対し自己と祖国の変革を遂行しようとしたか、それはいかなる形式と内容で行われたかを叙述しつつ、自分が讃歌でうちたてるべき理由内容としているのである。

　すなわち彼は出発者の個の孤独を徹底して深めるなかで、この徹底がなされたからこそ初めて可

能となってきた個としての自分と、同様に個でもある他者との分裂克服のための宥和、それも大地の人間間のそれだけではなく天上と大地、神々と人間間の宥和を、これが成し遂げられていくべき全く新しい故郷創造という讃歌の根本主題を、StA刊行責任者バイスナーにより、それらの多くが産みの国としての故郷‐祖国を問題にしているところからいみじくも名づけられ、ヘルダリーン自身もヴィルマンス宛の手紙（一八〇三年一二月下旬、ニュルティンゲン）で用いている「祖国讃歌群」（die vaterländischen Gesänge）で展開してきた展開内容の土台へと投げ入れたのであった。それも、人間と神との不信実の極まる危機でこそ祖国の転回‐回帰が生起し、両者の宥和が可視となるという新しい祖国の歴史の転回に即した内容へと。こうしてあれほど希求してきた古代ヘラスの理想は、擬古典主義《クラスイツイスムス》のような模倣ではなく自らのよって立つ時代の最前線の場所からの再創造のなかでの理想と化して貧しいドイツに甦らせることができよう。その全内容を正確に描写し表現するための技術として両「注解」でうち出したものが、「方測的《ゲゼッツリヒャー》計測《カルキュール》」と命名された技法＝詩法だった。これは本来詩文には必須なはずだが、近代ではことに軽んじられる表現技術を浮上させる内容を持ち、諸表象のリズムの連なりには平衡《グライヒ‐ゲヴイヒト》があるべきで、しかも平衡は作品内の中間休止《ツエズール》により一度中止し分断された上で実現すべき旨が説かれ、悲劇成立のために非常に説得性に富む、現代を先取りした文学提言となっている。

　ヘルダリーンは、ボルドー出発直前ベーレンドルフに宛てた書簡で、「民族《ダス》・祖国的《ナツイオネレ》なものを自由に使用することほど学ぶのに困難なことはない」と説き、また「（自分に）固有なものを自由な精神で用いることこそ最大の困難事」（一八〇一年一二月四日、ニュルティンゲンより、一五一頁参照）と言明していたが、それはドイツにおける古代ギリシアの甦りが、学び取るに最も困難な自己に固有なものの新たな創造にも連なり得ることを実証しようとした巨大な詩人実験でもあった。すなわち古代ギリシア人、例えばホメロスは西欧の人間には固有の冷静《ニュヒテルンハイト》を努力して学び取り、これを完璧なまでに技法化し自己のものとした。だが彼らはあまりにこの獲得に夢中になり、東方には固有な情熱性＝火を重んずることを忘れはて、その結果滅びていった。それ故にドイツ（西欧）人は、ヘラスの情熱性＝火を学び取りつつ、本来の冷静と一体化したものを新しい独自性として持ち得るようになって自己に固有なものをようやく見出していくと言えるだろうからである。

ピンダロスについて

ピンダロスについては、ヘルダリーンが「勝利歌」（一七篇、部分訳も含む）、「断片」（九篇）を翻訳しており、「勝利歌」との関連についてはすでに触れた（一八四頁参照）。「断片」の特色は本文はもちろんだが、むしろ本文に付けられた「注解」にあろう。特に「掟」（Das Gesez）の語が注目されるが、「至高のもの」（Das Höchste）での言及を示そう。

掟、
全ての者の王、死すべきものら　と

不死なる者らの。掟はまさしく
この理由からこそ強力に行使するのだ
最も正当な権利を　至高の手を用いて。

更に続く「注解」で、「人間と神とが出会う形態である限りでの紀律」が「厳密な意味での媒介性」にほかならない言葉の重視は、あれほど国家や教会の権力や暴力を憎んだヘルダリーンには似つかわしくなく見えるかもしれない。しかし「王」についても、「王は最高級《ズーパーラティーフ》を意味する。王は最高権力のためのしるしではなく、至高の認識根拠のためのしるし」と規定されたことからもわかるように、すでに言及した人間に最も危険な「天上の火」を敢えて飲み干し、これを本来の「冷静」と結びゆわえてきた詩人には何よりもピンダロスのこの言葉からこそ、ようやく見えてきた獲得するのに最も困難なもの、自分に固有なものを識る重大さを見出したあとも、それを保持しつづけるための法則＝掟《ゲゼッツ》がひとつの明白な認識の構造素として引き出されなければならなかったのだ。

同時期成立の讃歌「マドンナに寄せる」（An die Madonna　一八〇一〜〇六）では、この語ともうひとつの重要な関連語「規約《ザッツンゲン》」が使い分けられ歌われているので、その二箇所を部分引用しよう。

そして諸国の民衆の恐怖で
主神ゼウスの雷雨と

激しく降る雨。

何故なら規約はよいものなのだ、しかし
まるで龍の歯のように、これら規約は　ひとの生命《いのち》を
切断して殺してしまうだろう、もし怒りのあまり
卑しい者か王が　その歯を鋭く磨《と》ぎ澄ますときには。

…

この者が
とりわけ望むのは　皆が大切に保護しようとすることだ
純粋な掟のもとで
神的につくられた荒野を、
この神の
子らも、岩々のしたを　たのしく
歩みながら掟を慈しみ　野には深紅色の花が咲き
ほの暗い泉が湧いていた
おお　マドンナ　あなたと
あなたの息子に、しかし他の者らにも

まるで奴隷から取り上げるように
神々が
彼らに属するものを力まかせに取り上げてしまわないようにするためだ。

まず同種の掟でも人間の手になる諸刃《もろは》の剣としての「規約」、次にはこの「規約」だけではなく、いま我々に求められている「掟」が神々と人間との両者による共働の場でこそ行使され保持されていくべき実効性を帯びるものと歌ったのである。彼が両語の差異のいかなる見定めにおいてこれほどまでの力点を「掟」に置いていたか、いま我々にはよく理解できるのだ。その「掟」をめぐる「避難所《アズューレ》」（Die Asyle）では、「掟」の女神テミスが「避難所」をつくり、完全を求めて止まなかった人間が再び互いを認識し合う新しい出会いをしていく事態が注目される。その認識の手がかりとなるものが「古代の紀律の痕跡」の「紀律《ツフト》」であるが、これはかつて神と人間とは互いに「紀律」を通して結び合った時代が実在したことを明示しており、その、生き生きとした現代での恢復が求められていることになろう。そしてこの事態は、我々が追いつづけてきたヘルダリーンの詩作思想にまさしく一致するのだ。これらは主として讃歌諸篇にちりばめられているが、またすでに頌歌にも配置され、彼の詩の最重要の構成要素をなしているからである。

ソフォクレス受容の問い直し　彼の翻訳には、発表当初からエピソードがついてまわった。文法上の誤りが多い、原典を誤解しているとの、ホメロスの訳出で著名なヨハン＝ハインリヒ＝フォス（一七五一～一八二六）や、彼の息子でやはり古典語の専門家のヨハン＝ハインリヒ＝フォス（一七七九～一八二二　小フォス）ら主として専門の古典文献学者の批判だ。これら翻訳上の諸点については、現在たしかに細部では意味の取り違いも含むいわゆる誤訳がそう少なくはなく見つけられることがわかっている。しかしながら、ヘルダリーンの翻訳をほとんどそのまま舞台に乗せた『アンティゴネー』や『オイディプス王』の上演が、一流の演出家や俳優達により繰り返しドイツを中心に上演されてきているのは何故だろう？

祖国の歴史的な転換に関わる主題思想を自らの詩作の中心部にもうち据えようと悲願しつづけたヘルダリーンの文体が、ソフォクレスの原典の悲劇性の息吹きを現代の我々にも直接伝えており、我々自身が、異言語の単なる移し換えとは違う翻訳から、神と人間の運命を触知できる感銘と教示を受けるからにほかなるまい。彼の翻訳に基づく上演が、これからも若い世代によりいく度もその意義を問い直されながら引き継がれていくことであろう。ここでは、一九一三年の初演（ケルン）以来、ベルトルト（ベルトト）＝ブレヒト（一八九八～一九五六）らの手を経たあと、一九六〇年代の後半、作家で演出家のクラウス＝ブレーマー（一九二四～　）が、ヘルダリーンの原典《テクスト》に完全に即したものと、ヘルダリーンを踏まえ自ら書いたものとの二つの『アンティゴネー』（Antigonae/Antigone）の同日・共演という実験を試み、現代の歴史的観点からヘルダリーンのソフォクレス受容を鋭く問い直した上演例を挙げておく。

再びホンブルクへ

一八〇四年四月にはソフォクレスの翻訳出版という慶事に恵まれたにもかかわらず、依然として好転しない健康状態と母の家にいること自体が彼の鬱々《うつうつ》とした神経を逆なでしてますます悪くすることを誰よりも熟知していたズィンクレーアの仲介により、今度はホンブルク方伯の宮廷図書館司書の資格を贈られて、一八〇四年六月にヘルダリーンは二度目の滞在をすべくホンブルクへと移った。司書と言っても、方伯の所蔵する蔵書の大まかな整理などを時折行う程度で、実質上の仕事はほとんどなく一種の名誉職に等しかったであろう。ともかく居心地は良かった様子で、彼はよくここに籠った。

図書館の蔵書は一万六千冊にも及び、内向的で読書好きでもあった方伯の読書量をうかがわせるように実に多岐にわたり、世界航海記の類など当時の最新刊もまじっていた。ヘルダリーンは、これらの航海記に影響を受けた形跡もある。宮廷への行き帰りや下宿先から出て、かつてディオーティマの住むフランクフルトを遙かに見やった、忘れるはずのない丘のあたりもよく散歩した。ズィンクレーアの目論《もくろ》みは、まずは成功したかに見えた。

ボルドー帰還後から数年来の諸讃歌を書きつけて一冊に集成した二つ折りの手稿ノートを『ホンブルク・フォーリオヘフト』（二四頁参照）と呼ぶのは、この二番目のホンブルク滞在時にも相変わらず詩作が継続し、その諸詩篇が収載されているためにほかならない。ほんの少し前までは、これらは前後の脈絡を持たない「草案」（Entwürfe）また「断片」（Fragmente）と判断されStAですらバイスナーにより巻末に一括分類された本ノート収載の諸詩篇が、実は後期讃歌の中心思想を根底から決定づけるほどの重要な繋がりの必然性によって連続しているという、ヘルダリーン・テクストの驚くべき詩作事実が次第に明らかになりつつあり、筆者自身も一〇数年にわたって、一片の草案にすぎないと見なされてきた讃歌「故郷」に発する故郷の問題研究の途上にある。紹介済みの頌歌、悲歌の故郷詩を前提または参考にしつつも、全く新しい未知の故郷がヘルダリーンの自覚的な創造意志によりもはや断片や一草案ではないひとつの巨きなまとまりのなかで展開している世界創造を手稿に即して見出したからである（小磯仁「ヘルダリーン故郷論序説――出発者の思想」、「文学」〔岩波書店〕第6巻第2号〔季刊・春〕、一九九五年、122〜135頁参照）。

本ノートは、一九八六年、一度フランクフルト版ヘルダリーン全集の刊行者ザットラーらにより、良質の出来栄えで全手稿の再現を見たあと、長く待たされていた彼によるテクスト化がようやく果たされその全体の読解のひとつの可能性が示されるようになった経緯はすでに触れた（二一四頁参照）。これはヘルダリーンが最後に到達していた詩作の峰々が、我々の予想を遠く越えた一貫性に貫かれ登攀不可能なほどの高みを出現させていた詩作事実を示している。次々に現れる空白と交互してびっしりと書き込まれた詩行の数々は錯乱の発作の徴候を一部想像させはしても、そのいかなる象徴でもなく、それぞれをひとつの主題に集約していこうとして精神を限度まで集中するときの全ての表現力の表現体である。我々はかくも長い間、詩人存在のみならず思想自体も分裂し分断された者が、その亀裂の切れ目にあって『ヒュペーリオン』のように世界を感受しただけではなく、讃歌とその後の全ての散文により放浪から放浪への途上で、すでに世界を認識し識別する認識者・識別者と化して発語し続けていた、この沈黙の表現体の有言の声を聴き取らず、したがって声の意味をこれらの文字から読み取れないままで来たのであった。

選帝侯暗殺計画事件

ヘルダリーンは、方伯フリードリヒ＝ルートヴィヒ五世に讃歌の傑作のひとつ「パトモス」（第一節を紹介　六九頁参照）を献じたが、方伯もこれに深い感謝を表した。方伯の第四王女アウグステ＝フリーデリーケ（一七七六〜一八七一。アードルフ＝ベックの大著『ヘルダリーン年代記――写真と資料』など、信頼性の高い伝記の該当写真には、ほとんどいずれも本人とは異なる妹ルイーゼ＝ウルリーケ王女のものが採られてきたが、本書ではバート－ホンブルク文書館の教示のもとに、アウグステ自身のパステル画を提出した。長い間の専門家らによる見間違えは、二人の王女が酷似して描かれていたためと考えられる）は、かねて『ヒュペーリオン』の熱心な読者であり、ヘルダリーンもすでに最初の滞在期一七九八年一〇月に、ズィンクレーアの紹介で謁見の機会を持ったことがあった。翌年、彼はアウグステの二三歳の誕生日に向けて、頌歌「ホンブルク・アウグステ王女に」（Der Prinzessin Auguste von Homburg Den 28ten Nov. 1799）、また同時成立の同じく頌歌「ドイツ人の心の歌」（Gesang des Deutschen）、更に前述の『ソフォクレスの悲劇』第一冊（『オイディプス王』）も贈っており、彼女もこれらに感謝の言葉を返している。『ヒュ

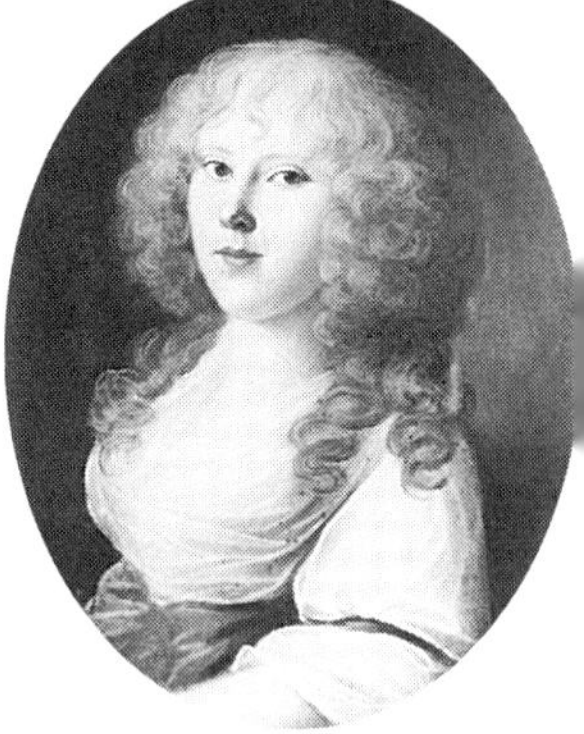

ヘッセン - ホンブルク王女アウグステ　後にメクレンブルク - シュヴェーリン世襲大公妃。1790年ごろ，パステル画

ペーリオン』を始め、愛読する諸作品の著者にほかならない当の詩人自身にも王女は強い関心を抱き、そのヘルダリーンが身近くいることに喜びと名誉を感じたが、彼の病状の進行には憂いを隠さなかったと言う。彼女はベルリン宮廷・プロイセン王フリードリヒ゠ヴィルヘルム三世の末弟ヴィルヘルム王子（一七八三～一八五一）に嫁いだ、母親譲りの美貌の妹マリアンネ王女（一七八五～一八四六）とは異なり、四二歳で初めてメクレンブルク゠シュヴェーリンの世襲大公フリードリヒ゠ルートヴィヒ（一七七八～一八一九）の後添えとして結婚生活に入ったが、翌年大公が死没したため以後九五歳までの長い老年を静かに全うした。

ズィンクレーアは、人物の真贋《しんがん》を見分けるには未熟すぎたか、宮廷の逼迫した財政難を見透かしたかのように宝籤《くじ》を窮余策として提案し巧みに宮廷に入り込んだ希代の詐欺師アレキサンダー゠フォン゠ブランケンシュタイン（別名ヴェッツラール。生没年不詳）を信用してしまった。結果として経費は持ち逃げされ宝籤での再建計画は失敗、それに追い討ちをかけるようにズィンクレーアはこの男に密告され、一八〇五年二月にはヴュルンテンベルク公国選帝侯フリードリヒ二世（一八〇六年以降王。一七五四～一八一六）暗殺計画加担による大逆罪で逮捕、拘留された。ヘルダリーンまでこの一味の関係者と見なされる仕末だった。ヘルダリーンは病気が理由となり、逮捕や尋問は免れた。

ズィンクレーアだけでなくヘルダリーンも、まずヴュルテンベルクが先頭に立ってフランス式の共和制に変革し、他の諸領邦もこれに倣い新しいドイツの誕生を祈念したのは本当だった。初めてホンブルクに移った七年前の一七九八年一一月、いくぶんでも詩人の気も晴れようと、ズィンクレーアがドイツ諸領邦代表によるラシュタット会議へと彼を引っ張り出したことがあった。その際ヘルダリーンは、ヴュルテンベルク公国の最急進派と目される代表団員クリスティアン＝フリードリヒ＝バーツ（一七六四～没年不詳　ルートヴィヒスブルク市長）らにも親しく接触していた。この無防備に等しい交遊状態も当局に関係者だと目をつけられる一因だったかもしれない。しかし彼は同じ政治的関心の純粋性でもズィンクレーアやベーレンドルフとは異なり、直接行動に走るよりも詩の言葉によってこそ旧体制を変革し新生ドイツの誕生を希求していた詩人である。したがって彼が最後の最後まで自分の言葉には、支えきれないほどの重い自己責任を担い通す人間にほかならなかった事実を我々はあらためて正確に理解すべきである。ベーレンドルフの人物評、ズィンクレーアは「全身骨の髄まで共和主義者」、ヘルダリーンは「精神と誠実からなる共和主義者」は見事に適中していたのだ。

それだからこそヘルダリーンの政治的な詩語は、どの時代にあってもこうして最も尖鋭的な政治性を帯びて、繰り返し我々にまみえることができるのだ。一八〇五年七月、ブランケンシュタインの詐欺性が暴かれてズィンクレーアは無実と判明、釈放された。ヘルダリーンも当然ながら、一連の事件には無関係と認められる。このとき、「僕はジャコバン派なんかじゃない、奴らの一派じゃないんだ！」と、ヘルダリーンが大声で何度も何度も絶叫していたという話は、この時期の彼の一面を物語る逸話として残った。

最後の帰郷

一八〇六年の夏も過ぎようとする頃、ヘルダリーンの言動が感情の激発と言うよりも凶暴性に近いかたちで目立ち始め、近隣の住民からの非難が止まらなくなってきたことから、ズィンクレーアもさすがに自分の力が限界に達したことを知り、ニュルティンゲンに帰ると称してテュービンゲン大学医学部精神科へと詩人を強制的に連れ帰らせることにした。恢復を待ち望んでいた母もこの段階に達した息子の世間並みの出世をあきらめ、いまは健康な人間になることのみを願いズィンクレーアに助力を頼むのだった。しかしそのズィンクレーア自身も、同年七月の新ライン同盟成立のあおりを受け方伯《ホンブルク》領がヘッセン－ダルムシュタット大公国に併合されたのに伴い、自らの居場所を喪失していた。最愛の友を支えるべき手だてを、この時点で彼は全て喪ったのである。

近郊のニュルティンゲンに住む母は、経済上の配慮は依然としてきちんと続行したにせよ、病人の許を二度と訪れることはなかった。テュービンゲンへの帰郷は、もう他に方法がないとは言え、ほとんど病院への直行という強制連行の連れ帰りだった。病人ヘルダリーンの長い時間が、こうして始まる。そう、これが詩人ヘルダリーンの最後の帰郷だった。彼の実人生を真っ二つに断ち切った、およそ半分にあたる「生の半ば」の時間の始まりだ。この時間への出発だ。出発者による出発が、また出発する。

V 最後期のヘルダリーン

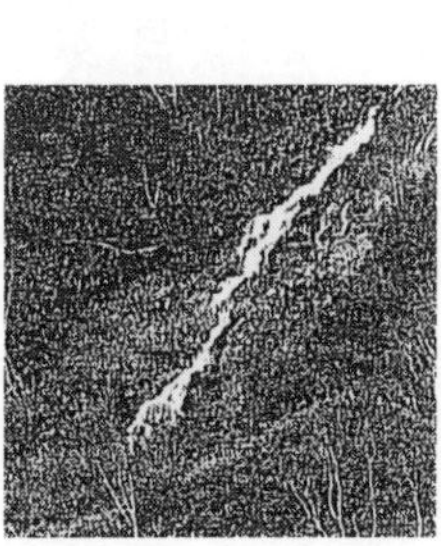

ツィンマー家の下宿人として

入院そして在宅看護

ヘルダリーンが約八ヵ月、精神病患者として入院したテュービンゲン大学医学部付属病院には、この分野での高名な専門家で主治医のヨハン＝ハインリヒ＝フェルディナント＝アウテンリート（一七七二〜一八三五）教授がおり、ドイツ医学の進歩度を示す立派な諸設備が整いつつあった。教授の指導下に主として良質の鎮静剤と強心剤が用いられ、患者を犯罪者のように扱う懲戒方式ではない比較的温和な方法が採られたが、一方でヘルダリーンが最も嫌悪した聖書の強要や、時に狂暴な発作を見せる患者に緊衣や叫びを防ぐマスクをつけさせたりする荒療治も常時行われていた。

教授らの懸命な努力にもかかわらず、結局恢復の見込み立たずとの診断下に、あとは自宅で静養させ様子を見ることになった。もとよりヘルダリーンに、自宅のあろうはずがない。落ち着き先は、テュービンゲン市内に住む指物師エルンスト＝フリードリヒ＝ツィンマー（一七七二〜一八三八）宅で、二階の一室が詩人の居場所だった。三食を始めこまごまとした身の回りの世話の一切をツィンマー家にしてもらう、いわば在宅介護を受ける下宿人になったわけである。ヘルダリーンに幸運だったのは、ほとんど同年齢の家主のツィンマーが地元で信用の厚い腕の良い親方《マイスター》だけには終わ

テュービンゲンのヘルダリーン塔　1840年ごろ，エルンスト＝ツィンマー画とされる。水彩画

らず、哲学書や詩を読んだりする、この世界では珍しいタイプの読書人でもあったことだ。彼もあのアウグステ王女と同じく、『ヒュペーリオン』の熱心な愛読者だった。病室に見舞ったツィンマーに教授は身許引受人を頼み、親方は一読者として敬愛していた詩人を、予想されるあらゆる難しさは百も承知で受け入れたのである。彼はヘルダリーンの精神の病がまさしく詩精神そのものと結びついていることを直観し、やがて自分の直観が正しかったことを理解して詩人を粘り強く見守った。この父に似て娘のシャルロッテ（愛称ロッテ。一八一三～七九）も優しい心根《こころね》の持ち主で、成長後はまめまめしく詩人の世話をやいた。病人にはよく感情が高じて気持ちがいらつき、挙動に発作を伴う独特な徴候が現れたが、そんなときはいつもきまってロッテが呼ばれた。するとヘルダリーンは母親に叱られた子供のようにおとなしくなり、彼女の指示に従うのだった。

現在ではヘルダリーン塔（写真からもわかるように、家の前面の中央部分が家本体と等しい高さを持つ張り出した塔となっていて、この塔の屋根も尖った尖塔であり、中世の城壁に由来する塔が付いた家故こう呼ばれてきた。度々の火事などで何度か修繕の手が加わり、現状に至る）の名前がすっかり定着したツィンマー家の塔の部分の二階の彼の自室からは、ほとんど直下とも言える眼下にネッカー河が流れ、向う岸の並木道やみどりの林、更に彼方にはゆったりとしたスロープを描くシュヴァーベン＝アルプの山脈《やまなみ》が見え、その上には天空が拡がっている。

ディオーティマの喚びかけ

病院から退院し初めてこの家に来て、自室の南側の窓をおし開き、あのラウフェンの流れ、ネッカー河を見出したときヘルダリーンは何を思ったろう？　それまで生きてきた年数にほぼ等しい長さの三六年も、ここが自分の最後の家になり、借家人として住みつづけるしかない行く末を未だ消滅し去ったのではない直感力で予見したのだろうか？　手をかざせばすぐにも届くところに懐かしい水流が流れ、窓辺からはおだやかなシュヴァーベンの風光が四季折々に望めることが、人間と時代によってずたずたに引き裂かれていたヘルダリーンをともかくも基本的に落ち着かせた。

　そしてこの平静のなかから、もうとうに死者となっているはずのディオーティマが生者の詩人に喚びかける、詩人からではない、初めてディオーティマが詩人に向けて発語したアルカイオス詩節の頌歌が鳴り響いた。ひとつの神秘な奇蹟のように。

　　いまは遠い彼方からでも……

いまは遠い彼方からでも、お別れしたままでおりましても
私の形姿《すがた》があなたにまだおわかりになり、過ぎ去った日々が
おお　私の苦悩を本当に共有してくださったあなた！
あなたにわずかなりとも良いものを表すことができるのでしたら、

どうかおっしゃって、あなたの恋人があなたをどんなふうにお待ちしていると　お思いになるのか？
恐ろしい暗い時代のあとで
私たちがお互いを見つけようとしたあれらの園で、
ここ　聖なる根源世界のほとりで。

このことだけは申しておきたいのです、あなたのまなざしには
いくつもの良いしるしがありました、そのとき遠くからあなたは
一度だけうれしそうに　ふり返ってくださいました
いつもですと暗い顔つきをされて、人を寄せつけようとは
されないお方ですのに。どんなふうに速く遙かに時間が過ぎ、どんなふうにただ静かに

私の魂は耐えつづけてきたことでしょうか？
　私がこんな状態でお別れしたままだったという真実に。
　　そうですとも！　私ははっきりと認めます、私があなたご自身でもあったことを。
（Wenn aus der Ferne...　第一～四節　一八〇八）

本詩は第一三節、それも三行のみで未完のまま断たれるが、引用からもわかるように死者ディオーティマがヘルダリーンの詩人証明《アリバイ》の証言台に立ったのだ。二人の対等性は、いまは死者と生者の対等性として病のなかでも不可避的に貫かれていた事実を我々はどこまでも記憶したいのである。

押韻詩の再開　もしこの三六年を病状ではなく詩の表現内容の変化により敢えて分ければ、歌う主体者「私《イヒ》」がまだ出る前期と、「私《イヒ》」が表面には登場しなくなった後期の二期になろう。一〇詩節前後からなる作品はこの頌歌を最後に書かれることはもうなく、多くて四詩節、ほとんどが一～二詩節からなる短詩が折々に産まれた。それらは周囲に点在する、例えば「小川」、「道」、「森」、「果樹園」、「樹木」、「稲妻」、「雷鳴」などヘルダリーンを最終的に繋ぎ止める自然の事物や現象と、これらを統《す》べる全一を現在の視界の台座を彼方へと動かしながら叙景する押韻（脚韻）詩である（後に挙げる「散歩」など諸例を参照）。

本来的に頌歌、讃歌の詩人ヘルダリーンが自身を撃ちぬいた狂気に拮抗し得るものとして最後に選び取った詩型がこの押韻だった。少・青年時代主として讃歌のために押韻を用いた後は、ギリシア古典詩型のドイツ詩への応用の最も優れた成功例と言われる頌歌、悲歌、そして壮大な自由律の新しい讃歌を経てまた押韻に戻ったのである。しかしこれは、詩作の容易さのための押韻への単純な回帰ではない。自身の詩的理想をクロップシュトックやシラー等の範例に則り、最も表現しやすい詩型として選んだ選択結果の押韻なのではない。最良の詩型となったはずの自由律すら、現在の彼には適合できないのだ。

一度だけ頌歌で限度まで立ち止まったあと、ためらうことなく彼は押韻詩を再開する。しかしこの再開は、詩作する精神を集中できない者の弛緩の現れだけであろうか？　病が闇のイメージに直結することから、最後期の詩人像はこのイメージからのみつくられるのが常であった。たとえ悲劇的な半生にせよ、ともかくも正常だった生から一転して病者の暗の、闇の生に入り薄明に生きたとされるのが誤りなのではない。だがそう総括するだけでこの詩人の全体を捉えきることが可能かどうか、疑問だ。もし闇と言うならば、病が本格的に始まった時点から闇が出現したわけではない。すでに幼児の出発時から、ヘルダリーンには闇があった。つまり発病後闇に陥り薄明期に入ったのではなく、詩人の始源から闇は実在していたのだ。

我々の詩人の少年期を想い起こしてみよう。一人の少年がいかに闇と格闘し、これを自明の不可避のものとして受け入れ、積極的に見つめつづけることにどれほどの時間と労力を捧げてきたことだろう。既成キリスト教教育の下で、この少年にも本来併存していたはずの明は著しく減殺され、闇は彼を早くから支配し始めた。だがその結果彼は、闇を明の反対物としてではなく同時に明ともなり得るほどの力を秘めた自身の闇を正面から引き受けることになった。それこそヘルダリーンの「夜」の創造の開始を意味していた詩人の果敢な精神の経緯は、これまでの叙述からも了解されよう。いまヘルダリーンは病を全身に甘受し始めるなかで、巨大な明によってこそ新しく生き始めたと言うべきであろう。存在のすみずみまで、いわゆる正気時にすでに明視していた明にいまこそ映し出されていく。あの頌歌で死者の声を確実に捉えた聴き取りも、この明からこそ初めて浮上し、聴き取りが確認されたのだ。

　押韻は、世間からは敗残者の烙印を押されたに等しい詩人が、しかし今度は奔流のように絶え間なく押し寄せる病という新しい闇に抵抗しわたり合うことのできる掟だった。そして掟は、ヘルダリーンがピンダロスの影響下に、無限を目指しすぎずあの冷静《ニュヒテルンハイト》を保持するためのものとして選び取るにいたった詩法内容の支柱ともなる詩語である。私がここで掟の語をもう一度使う所以は、彼の最後詩となった「眺望」（Die Aussicht）にまで押韻がおよそ我々の予測を越えるほどの厳密さで守りぬかれているからにほかならない。彼の明が、驚くべき明度でいかに隈《くま》なく厳しく詩人存在を照し続け、押韻が最後に遂行し終えるまで見届けようとしていたかが了解できるからである。したがって前半生の正気としての明に対する後半生の負としての暗、つまり闇という対立だけからはこの韻律行使に向けて最後の意識まで覚醒しつづけようとしたヘルダリーンのこの期の詩人覚悟は、薄明のヴェールに閉ざされてしまい見えてくることはないであろう。

「散歩」、「春」「夏」「秋」「冬」そして「眺望」

それではまず初期のまだ「私《イヒ》」の出るほとんど最後の作品で、一八一〇年頃成立と推定される「散歩」（Der Spaziergang）を、次にそれぞれ一八三〇年前後から四三年までに成立し、その多くに、「スカルダネリ」（Scardanelli）の架空署名や架空の成立年月日を付した短詩作品群「春」（Der Frühling　全九作）、「夏」（Der Sommer　全五作）、「秋」（Der Herbst　全二作）、「冬」（Der Winter〔5〕, Winter〔1〕　全六作）からひとつを、そして一八四三年初夏の死の直前に成立した詩「眺望」も併せて掲げる。

散歩

脇の方の、みどりの傾斜面に
美しく描かれた森よ、
そこは　私を散歩へと引き寄せる場所、
私の心が闇に閉《と》ざされるときには
この心に宿るひとつひとつの棘《とげ》にも
甘やかな静けさが贈られてくる、
何故なら　芸術と物思いには苦痛という
代償が伴うようにむかしから定められているからだ。

谷間の心を落ちつかせてくれるかずかずの姿よ、
たとえば　果樹園や樹木
また　幅狭く細長い橋、
小川は隠れて見えない、
何と美しい透明な彼方から
耀いてくるのだろう　この風景の
すばらしい姿は、これを見たいばかりに私は
優しい天気に恵まれた折には　いつも進んで外出する。
神性は始めはうちとけて
蒼さと共に居てくれるが、
そのあとは灰色で
アーチ形の雲を用意し、
焼き焦がすような稲妻と雷鳴の
轟《とどろ》き、野原の魅力を道連れに、
根源の姿をした泉から　こんこんと
湧き出た美までもうち添えている。

秋

自然が美しく耀くことは　普通より高まった現れだ、
そのときの一日は　深い深い喜びにつつまれて終わりを告げる、
そのときの一年は　このうえない見事さに色どられて完成を見る、
果実たちは　喜びの耀きを放ちながら互いに結ばれる。

大地は　すみずみまでこうして装われている、そして　聞こえることはまずない
広々とした野から騒音が、太陽は優しく
秋の一日を温めてくれる、野は
見渡すかぎり拡がっている、そよ風が

大枝小枝を吹きぬけ　ざわざわと喜びの音をたてる
やがて　すぐにも野は空虚と交替していくのは自明だとしても、
この透明な風光の意味は　全て
金色《こんじき》の見事さをあたりに漂わせる一枚の絵のように生きつづけるだろう。
一一月一五日　　一七五九年。

眺望

人間が安心して住みなしている生が彼方へと去っていくとき、
葡萄の季節が彼方へと消え去っていく場所、
其処《そこ》には　また夏のうつろな曠野が拡がり、
森は　暗い姿のまま現れている。

自然は　四季の姿と補い合う、
自然はとどまるが、季節という時間は　もっと速く過ぎていく、
この事実は　完全さに由来しよう。このとき天空の高みは
人間たちに耀く、まるで樹々が花の輪で周囲を飾られるように。

頓首再拝
スカルダネリ

五月二四日
一七四八年

一切が自然に凝縮

これらの短詩は詩人視界に映し取られた四季折々の自然が、前述のようにその部分と全体が結びつく内容で簡潔に歌われているところから俳句との類似

性が言えるだろう。ただ俳句の場合、まず個々の微細な対象が中心であり、この一点から狭から広への拡がりが始まるのに較べ、ヘルダリーンでは、同じ小さな対象でもかならずそれが他の一層巨きなものの彼方への拡がりの視界、運動の動きのなかで捉えられている。特にこの期は、一切が自然に凝縮しているのだ。詩人の眼差しの向かう彼方から彼方へと、自然を歌う現在とを貫いて動くその視界が凝集されていく凝集の仕方こそ、ヘルダリーン詩が俳句と共有する一点にほかならない。詩の短さや、詩語また詩行意の表面の平明さが俳句的なのではない。創作時の集中への緊張が持続せず、どの詩にも同様な詩句の繰り返しによる単調な平板さはもはや蔽い隠せはしないにしても、詩人はぼんやりとした視力で漫然と眼前の風景を歌ったのではなかったのである。

彼をいじめぬいてきた人間も、教会も、宗教局も、公国も、ドイツもはやこのような明度に照らし出された詩人に近づくことは不可能である。彼らが彼を捨てたのではない。彼が彼らをうち捨てたのだ。一病人となりはて、もはや出世の望みが完全に潰えてしまった息子に、公国の下賜金（一種の特別年金）に加算して遺産から均等に月々のものを送金してくれる母、すぐ近くのニュルティンゲンにいるにもかかわらず一度として精神を病む息子の許を訪れなかった母を恨むこともないのだ。紋切り型の、時には故意ではないかとすら感じとれもする度外れて鄭重《ていちょう》なお礼の感謝の言葉を、この送金受け取りへの、明らかにツィンマーやロッテに促されたからであろう返事に短く書きつらねるのだった。そこに一片の心情にあふれた言葉が添えられることはない。

ヴァイブリンガーの訪問　それでも、未だ美しさの面影の残る、頭の狂った詩人が川縁《べり》の塔の家に住むとの評判を聞きつけ、好奇心から訪れてくる物好きな連中にまじって、詩や『ヒュペーリオン』にギムナジウムの頃から親しみ感銘を年毎に深めて訪問を熱望した若者もいた。大学シュティフトの後輩で詩作もするヴィルヘルム＝ヴァイブリンガー（一八〇四〜三〇、一五二頁参照）である。ヘルダリーンも彼の純粋な詩人資性がわかったのだろう、この青年がとても気に入り、ちょうどこの頃の一八二〇年代には体調がやや上向いてきていたこともあり、ヴァイブリンガーと連れだって、彼が夏を過ごすために借りていた小さな家のある丘陵エスターベルクなどへの野外の散歩も好んで行った。そんなときには、いつも室内でぶつぶつ言っていた独りごとも口にしなくなり、両眼は澄んできて何とも晴れやかな顔つきを見せた。また室内でも、気分が高じると『ヒュペーリオン』の一節を朗読したり、大好きな葡萄酒を飲み、ヴァイブリンガーが提供したかぎたばこや普通のパイプ用のたばこをうれしそうに深々と吸うのだった。

このような、日常のなかの貴重なエピソードを今日我々が知ることができるのも、彼が克明に記録しておいてくれたからである。ヴァイブリンガーはヘルダリーンをただ尊敬していただけではなく、一八二二年から二六年にわたる時期の詩人の姿を相当に細かく、また突き放しても観察したことになろう。敬愛に裏打ちされた彼の記録する言葉は、若者にありがちな主観に走る傾きがあり、一部に明らかに不正確な叙述も認められるものの、生活と文学から詩人の実像を活写し現在でも高い資料価値を持つ詩的な小評伝『フリードリヒ＝ヘルダリーンの人生、詩作と狂気』（一八三一）

テュービンゲン　エスターベルク（東丘陵）から市内を望む。1829年ごろ，石版画

に結晶した（一五二頁参照）。彼はまたヘルダリーンが主人公となる小説『ファエトーン』（一八二三）を発表したが、ローマで客死した。二六歳の若さだった。その詩魂の燃焼ぶりからは立原道造や中原中也、あるいは梶井基次郎、中島敦らを想起させるものがある。

感情の激発

時期はやや戻るが、ツィンマー親方から詩人の母宛の手紙（一八一一年一〇月一四日付）に綴られた二、三のエピソードも、この時期の彼の一面を伝えているだろう。

親方はともすれば引き籠りがちな詩人をよく戸外に連れ出した。彼の散歩好きを知っていることと、人々の嘲笑や石を投げられたりすることから彼の身を守るためである。ロッテも好んで同伴した。そんなある時、果樹園に出かけ、親方の父を筆頭に皆がすもも（ドイツ・プラム）の枝を揺さぶり、実がぱらぱらと詩人の頭上にも落ちてきたときには大喜びし、実に楽しそうに笑いころげたという。

一八〇八年には、すでに自室にピアノが備えられていた。元来音楽に親しんでいた彼は、毎日のようにピアノの前に座り即興で弾いたが、この即興演奏は終生続いた。彼はまた好んでフルートも吹いた（ちなみに内容を引用したツィンマーの手紙は、母親が送ってきたフルート用代金の送金への返礼が冒頭にある）。その姿はもうアポロンを想わせる青年でないのはむろんだが、折に触れて閃光のようにかつての美しさの片鱗が現れ、打ち消し難い気品がにじみ出ることがあった。

訪れた客には「閣下」「殿下」はもとより「猊《げい》下」、「陛下」など最高敬称の尊称で呼ぶのが常で、「司書」の称号で呼ばれるのをことのほか喜んだ。そして前掲のツィンマーの手紙によれば、この「司書」をめぐる次の報告が続く。最も嫌悪したのがテュービンゲン大学で得たマギスターで、大学時代からヘルダリーンを正しく理解し、病期にも変わらぬ温かい友情を示しつづけたまれな一人のコンツ教授にすら、教授がある時ついうっかり「マギスター殿！」と親しみをこめて呼びかけたところ、「教授、あなたはいまこの私を『マギスター殿！』とお呼びでしたね」と言い、数日後あの教授がこともあろうに厭《いと》わしいマギスターの称号で呼んだ、と激怒した。宮廷司書へのこだわりは、二度まで滞在したホンブルクへの純粋な記憶に繋がり、マギスターがシュティフトよりも宗教局に直接関わるのは疑いを容れない。しばらくすると、またコンツ教授だけは許されることになる。彼の病の特徴のひとつ、感情の激発《パロクシスムス》がおさまったのである。

『ヘルダリーン詩集』の刊行

こうして病期は過ぎ最後の時に次第に近づいてゆくが、この間、待ちぬかれていた詩集が実現した。一八二六年、ルートヴィヒ＝ウーラントとグスタフ＝シュヴァープ（一九頁参照）が編集した、『ヘルダリーン詩集』（Gedichte von

Friedrich Hölderlin）がコッタ社より出版された。両名を始めとする多くの関係者の熱意でようやく一冊にまとめられた、生前唯一の彼の詩集という点では貴重な意義を本書が持つのは間違いない。しかしながら、ウーラントの方針から初期作品が未熟だと除かれ、「パトモス」、「生の半ば」などの代表作も、病の直接の影響下にできた精神の均衡を欠いた作品群として省かれるなど、およそ詩人の名を冠した「詩集」と名づけられるだけの内容となってはいない。それでもヘルダリーンは完成したこの本を非常に喜び、常に手許に置いた。ただ彼は自分の同意なく作品に他人の手が加えられることを極度に嫌ったことから、あのゼッケンドルフ（七〇頁参照）が編集し刊行する年刊詩集『詩神年鑑』（一八〇七）で、「シュトゥットガルト」や「パンと葡萄酒」第一節など、事前の了承を得ないまま発表された折での、編者の不当な作品介入への激怒と同様の反応が本詩集についても伝えられている。これはヘルダリーンが自詩の手稿に即した公刊発表を何よりも重視し、それを心底から希っていた詩人の最後の誇りが働いていたことを如実に物語るものと言えよう。

その彼が待ち望んだような「詩集」は、グスタフの長男の小シュヴァープ（一九頁参照）が、一部はまず大幅な改訂を加えた『詩集』の新版（一八四二年〔発行年は翌四三年と記す〕にコッタより刊行）で誕生したが、大部分は詩人の死の直後、一八四六年に自ら責任編集した二巻本の全集まで待たねばならなかった。子のシュヴァープは、一八四一年一月から親しく詩人の許をいく度となく訪れた。ヘルダリーンもこの若者を歓迎し、彼が来るとロッテもびっくりするほどの喜びを示した。二年あまりの短い交遊だったが、あのヴァイブリンガーにも劣らない詩人への深い敬愛に裏づけら

最晩年のヘルダリーン　ルイーゼ＝ケラー画，1842年，銅版画

れた、そのヴァイブリンガーも果たせなかった、綿密な作品洞察と調査から父シュヴァープの編んだ『詩集』を補ったというよりも、全く独立した作品検証の正確さに富む最初の全集に値する作品集が、小シュヴァープにより編み出された。そしてこの二巻よりなる全集こそ、現在でも参考に値する小評伝まで付した、名実共に「ヘルダリーン詩集」の名にふさわしい、当時では最も正確なヘルダリーンの世界を俯瞰《ふかん》しようと試みた基本内容をほぼ備えたものだったのである。

ヘルダリーンの最期

一八四三年三月、ヘルダリーンは七三歳になった。老年の、それなりに静かな日常が続く。シェリングやシュミートを除き、かつての親しい友らはみな他界していた。六月初め彼は風邪をこじらせたが、外目には特に体調を崩したようには見えなかった。しかしロッテは詩人の体が著しく衰弱しているのに気づき、主治医フェルディナント＝ゴットリープ＝グメーリーン（一七八二〜一八四八）教授に薬を処方してもらい注意を怠らなかった。

六月六日夕べ、ヘルダリーンはピアノを弾いたあと、ツィンマー家の室で夕食をとり早めに床に入ったが、膨脹感と圧迫感で横になっていられないほど胸が苦しいと訴えた。心配したロッテが胸をさすってあげたところ、気持ちが少し落ちついたのかもう一度起き上がり、窓辺で黒々とした戸外を見やった。そしてまた眠りに入ったが、そのまま苦しみもなく息絶えた。臨終時には、一八二

○年代からツィンマー家で続けていた学生下宿の、下宿人として居合わせた同宿の学生も数名駆けつけ、実に穏やかな逝きかたをした死者の冥福を祈った。ロッテは夜半までにカール＝ゴック、妹ブロインリーンに急便で死去を知らせた。グメーリーン教授に解剖学のヴィルヘルム＝ラップ（一七九四～一八六八）教授も加わった解剖所見では、死因は肺水腫で双方の肺に水が充満し大動脈弁の完全な硬化によるとされた。精神の病については、脳そのものは良好だが、ひとつの脳室に液が充満し拡大して周壁が厚目に固くなり周囲を圧迫した結果、この圧迫が彼の脳の最も大切な部分に直接の影響を及ぼしたのではないかと推定された。

葬儀は、六月一〇日午前一〇時に執り行われた。縁者としてブロインリーン家から病気の妹に代わり、長男フリードリヒ（略称フリッツ　一七九七～一八八〇。詩人が常にその行く末を気遣ってい た）が参加、ゴックはしかし病弱を理由に来なかった。学生側からは、ヴァイブリンガーのように詩人の信頼を得た小シュヴァープを始めとする後輩のシュティフト生らも多数加わった。柩はツィンマー家に下宿している者達がかつぎ、弔辞は小シュヴァープが気配りの効いた心こもる言葉で読んだ。柩が墓穴のなかに降ろされると、それまで曇っていたのに急に雲が割れて六月の太陽がふりそそいだ。墓地を充たした光の降りそそぎの突然のきらめきは、テュービンゲンに帰り彼が獲得したあの明が、最後の照度をかたむけて、彼が薄明の暗の病人ではなかった証言を行ってくれたかのようであった。

ヘルダリーンは、いまも大学近くの「テュービンゲン墓地」の一隅に眠っている。墓はゴックが建てた。墓碑銘がテュービンゲンを旅立った直後の詩「運命」から、やはりゴックにより採られた経過はすでに述べた（七六頁参照）。

永劫の放浪を告げる、ひとりの出発者の歌であった。

あとがき

昭和二〇年代半ばの中学、三〇年代にかけての高校で初めて翻訳で触れたヘルダリーン詩、大学からは原書を通しても分け入ったその詩に魂を揺さぶられる感動を覚えてから四〇年あまり、いまようやくここに小さな一冊の評伝をまとめることができた。

本書は人と思想シリーズのために執筆したが、序説で触れた大部の手塚富雄氏の著書『ヘルダーリン』を除けば、読み易い判型ではおそらく我が国では最初の書下ろしのヘルダリーン伝であろう。文字通りの小伝ではあるが、読者は本書を通して、ヘルダリーンというひとりのドイツの詩人がおよそどのような詩を書き、どのような生涯を送ったか、何故彼がドイツ文学史上とりわけ至純な詩人と言われ、現代のツェラーンを先駆し広く思想世界にも越境してまさしく詩の思想が問題にされているのか、その基本内容は読みとることができるだろう。紙数の制約上、一部に限らざるを得なかった引用のヘルダリーン詩は、本書冒頭で触れたように全てに拙訳を掲げた。時には声を出して読んでいただければ幸いである。

ここでヘルダリーンの表記について一言しておきたい。従来、初めはヘルデルリーン、その後はヘルダーリンまたヘルダーリーンが主として使われてきた。ドゥーデンの発音辞典（Duden.

Aussprachewörterbuch. Wörterbuch der deutschen Standardaussprache. 3., völlig neu bearbeitete und erweiterte Auflage. Bearbeitet von Max Mangold in Zusammenhang mit der Dudenredaktion. Duden Bd.6. Mannheim（Dudenverlag）1990, 799 S.）により Hölderlin を仮名発音に置き換えてみると、**ヘ**ルダァリーンが最も近くなろう（太字はアクセント）。ただ、ダァのァはすでにダに含まれているし、リーもアに比べれば長音だがそれほど長くはない。

したがってヘルダーリンでは、ダが強調されるあまり原音からも離れ無理が生じてくるし、ヘルダーリーンもダとリを二回続けて引きのばすために読みづらくなるのである。これら長音を取り去ったヘルダリンとつめるのも可能だが、それでは音がつまってかえって不自然になってしまう。

そこで私自身は以上見たような原音と日本語の双方を踏まえ、もう長くヘルダリーンを使用してきている。むろん本書でも一貫してこの表記を用いた。ドイツ語の第一シラブルHölでは唇をオの形にまるくしたままヘルと発音するのだが、読者は気にされずに、思い切ってヘルにやや力を入れて読んでくだされればよい。**ヘ**ルダリーンと。そうすれば無理なく、とても楽に読めるはずで詩人が一層身近に感じられてくることだろう。

半世紀もの間日本の大学で教え、日独両語を熟知していたロベルト＝シンチンゲル氏が山本明、南原実両氏と共に編んだ辞書（三修社版『現代独和辞典』一九七〇）で、また小学館版『現代独和大辞典』（第二版、一九九八）で、更に岩崎英二郎氏の編著、白水社版『ドイツ語副詞辞典』（一九九八）でもヘルダリーンが採られ始めていることを言い添えておこう。なお故野村一郎氏も一時期ではあるがこの表記を『ヒュペーリオン』の翻訳時に使用した（参考文献参照）。

本書がなるについては、星野慎一先生からの御要請がその発端であった。野村一郎氏もこれが日本で産まれ、何よりも一般の人々に広く読まれることを切望しておられた。両教授の御霊前に本書の誕生をご報告する次第である。

序説でその保存活動と優れた成果を紹介した、シュトゥットガルトのヘルダリーン文庫《アルヒーフ》には、同文庫所蔵を中心とする掲載写真のフィルム転載に際しご協力をいただいた。同文庫に謝意を表したい。他の四機関については参考文献末尾に掲げてある。本書が完成するためには、そのごく一部を巻末に挙げた数多くの諸文献に負っていることは無論だが、ヘルダリーン研究会の諸兄からの会でのご教示やお励ましも、結果として本書の内容に様々に関わり役立ってありがたく思う。

ヘルダリーンのような存在の詩人の一生を書き下ろす仕事の困難さに触れ、手紙や電話で著者を励まされた清水幸雄氏、ならびに公私の度重なる事情によったとはいえ、執筆の大幅な遅れを忍耐強く見守られ、数々の貴重な助言と共に索引を含む綿密な編集作業を誠実に全うされた徳永隆氏に心からの感謝を申したい。ヘルダリーンが、一人でも多くの日本の、そして世界の読者にまみえることを希いつつ

平成一二（二〇〇〇）年　盛夏

筆者

ヘルダリーン年譜

西　暦	年齢	年　　譜	参考事項
一七七〇		3・20、ヨハン＝クリスティアン＝フリードリヒ＝ヘルダリーン、ネッカー河畔のラウフェンで長男として生まれる。父ハインリヒは当地の旧僧院以来の執事と所轄領地の経営を兼務、母はヨハナ＝クリスティアーナ（旧姓ハイン）。	ベートーヴェン、ヘーゲル誕生。
七二	2	7・5、父卒中で死去（36歳）、母23歳。8月、妹ハインリーケ誕生（愛称リーケ）。	「ゲッティンゲン森《ハイン》の詩社《ブント》」結成。
七四	4	10・10、母、ハインリヒの友人ヨハン＝クリストフ＝ゴックと再婚。一家でニュルティンゲンに転居。	ルイ16世即位。ゲーテ『若きウェルテルの悩み』
七六	6	ラテン語学校に通う。ゴック、ニュルティンゲン町長に就任。10・29、異父弟カール誕生。	アメリカ独立宣言。
七九	9	3・8、ゴック、肺炎で急死。	レッシング『賢者ナータン』
八四	14	10・20、デンケンドルフ初等僧院学校入学。母、「恭順を前提とする勝手な引き落とし不許可」の、「フリッツ・支出一覧表簿」（一七七六～一八二八）をつくる。	シラー『たくらみと恋』ヘルダー『人類史の哲

一七八六	16	秋には、現存する最も初期の詩「感謝詩」がうまれる。10・18、19、マウルブロン高等僧院学校に進む。まもなくマウルブロン校執事の娘ルイーゼ＝ナストとの初恋。	学のための諸理念』（〜九一） ゲーテ、イタリア旅行に出る（〜八八）。
八七	17	「小夜啼鳥（ナイチンゲール）に」、「私の決意」、「月桂冠」、「テックの山」など初期の押韻詩が創られる。	ゲーテ『タウリスのイフィゲーニェ』 シラー『ドン・カルロス』
八八	18	6・2〜6、プファルツへの旅行。ライン河との出会い。 夏、手製の四折判詩集『マールバッハ・クヴァルトヘフト』が出来る。マウルブロン校卒業。 10・21、テュービンゲン大学神学校（シュティフト）に入学。 年末、ノイファー、マーゲナウと親しく交わる。	カント『実践理性批判』
八九	19	4・20、21、郷土の詩人シューバルト、シュトイドリーンと知り合う。	7・14、フランス革命起こる。
九〇	20	夏学期、コンツのエウリピデス講義を聴講。ギリシア文学に関する二論文（「ギリシア人の芸術の歴史」と「ソロモンの箴言とヘシオドスの《仕事と日々》間の類例試論」）を提出。 9・17、マギスター試験に合格。更に同大学シュティフトで神学を中心とする専門研究の開始。カントの他、ヴィンケルマン、ライプニッツ、プラトン、ヘルダー、ハインゼ、ブュルガーを読むが、ヤコービの『スピノザ書簡』に関心集中。	カント『判断力批判』 ゲーテ『トルクアート・タッソー』 アダム＝スミス死去。

		10月末、ヘーゲルとシェリングとの三人の間に友情が始まる。相前後してシラーの影響を強く受けた、「自由への讃歌」などのテュービンゲン諸讃歌が多く創られる。 年末、エリーゼ＝ルブレーとの恋が芽生え、卒業まで続くが実らず。	
一七九一	21	4・19、ヒラー、メミンガーとスイス旅行。ライン河を遡り、アルプスの自然に初めて触れる。チューリヒで思想家ラヴァータを訪問。彼はヘルダリーンに特に強い印象を受け、《N. B.》（銘記すべし）と記す。 9月、シュトイドリーン編『一七九二年版・詩神年鑑』に四篇の作品、「自由の讃歌」などが初めて公に掲載される。 年末、ルソーを読む。天文学も研究。	シューバルト、モーツァルト死去。
九二	22	4月、「人間の権利の擁護者」フランスへの強い賛同。 夏、ゼッケンドルフと知り合う。 9月、シュトイドリーン編『一七九三年版・詩歌選』に多くの讃歌が掲載される。 10月、妹、ブラウボイレン僧院校教授ブロインリーンと結婚、ヒーマーの描いた自分の肖像画（カバー参照）を贈る。	フランス、共和制宣言。
九三	23	5月、『ヒュペーリオン』第一稿（現存せず）をシュトイドリーンの前で読む。 6月、シュティフト卒業試験に合格。 7月、プラトン、特に『ティマイオス』、『饗宴』、『ファイドロ	ルイ16世とマリー＝アントワネット処刑。

一七九四	24	ス』に感銘をうける。 9月、ズィンクレーアと知り合う。最も深い友情の開始。 9～10月、シラー、ヘルダリーンをヴァルタースハウゼンのフォン＝カルプ家の家庭教師に推薦。まもなくフォン＝カルプ夫人がこれを受諾。 12・6、シュトゥットガルト宗教局牧師資格試験に合格。 12・20、就任先に出発。ニュルンベルク、エアランゲン、バンベルク、コーブルクを経て、28日、ヴァルタースハウゼン着。 カルプ家での家庭教師の仕事を開始。教え子フリッツの教育は初めは上首尾で、『ヒュペーリオン』も進む。 詩「運命」。夫人秘書キルムスと親しくなる。カント研究続行。 まもなく教育成果が上がらなくなり、夫人の勧めで、11月初め教え子と共にイェーナへ。 フィヒテの講義を熱心に聴講。フィヒテ自身とも対話。 冬にかけて、度々シラー家に出入りし厚遇される。同家で、それと気づかぬままゲーテを初めて身近にする。 シュティフト以来旧知のニートハンマーとはしばしば会う。 11月、「断片ヒュペーリオン」が、シラー編集の「新タリーア」に掲載される。 年末、フォン＝カルプ夫人、フリッツと共にヴァイマルへ。 ヘルダー、ゲーテにも会う。	10・24、カール＝オイゲーン公死去。 5月、フィヒテ、イェーナ大学赴任。 ゲーテ、シラーの交遊深まり始める。 フランス、テルミドールの反動。 7月、ロベスピエール処刑。
九五	25	1・16、フォン＝カルプ家との雇用関係を解消し、職を辞す。	フランス、プロイセン

一七九六	26	イェーナに戻る。「韻文稿」、「ヒュペーリオンの青年時代」の執筆。シラー、『ヒュペーリオン』をコッタに紹介。 3月、ズィンクレーアと旧交を温め、ベーレンドルフとも知り合う。 ニートハンマー宅で、フィヒテらと思想対話を重ねる。 5月末〜6月初、突然イェーナを去る。帰途、エーベルに会い、フランクフルトの家庭教師の口を紹介される。ニュルティンゲンに帰り、全てに暗鬱なひと夏を送る。 7月末、テュービンゲンにシェリングを訪れ、忘れ難い思想上の対話を交す。詩「自然に寄せる」。12月、ニュルティンゲンで対話を再度行う。『ヒュペーリオン』は「最終前稿」まで改稿を重ねる。 12・28、再び家庭教師としてフランクフルトに着く。 1月初めより、フランクフルト、ゴンタルト家の長男ヘンリーの家庭教師となる。教え子との信頼関係は良好（この信頼は最後まで続く）。 4月、シェリングとフランクフルトで再会。ヘーゲルを交えて「ドイツ観念論の最初の体系計画」成立（年末〜97・2）。 5月、ゴンタルト家夫人ズゼッテとの運命的な愛が始まる。押韻詩「ディオーティマ」が創られる。7月10日、仏軍侵攻による戦禍を逃れ、ズゼッテは子供らとヘルダリーンらを伴いカッセル、更に8月9日、ヴェストファーレンの温泉郷ド	とバーゼルの和約。 シラー「人間の美的教育について」「素朴文学と情感文学について」（〜九六） ゲーテ『ヴィルヘルム＝マイスターの修業時代』（〜九六） カント『永遠平和のために』 5・27、イェーナで学生暴動起こる。 ナポレオン、イタリアへ進撃、オーストリア軍敗退。 ジェンナー、牛痘接種法の発見。

		リーブルクに行き、9月半ばまで滞在。9・11〜14、ライン河畔ケールでシュトイドリーン投身自殺。秋、『ヒュペーリオン』最終稿まとまる。	
一七九七	27	1月、ヘーゲルに家庭教師（市内のゴーゲル家）を世話。ヘーゲル、自身の思想の中核をヘルダリーンから摂取。4月、『ヒュペーリオン』第一巻がコッタから出る。8月、6月送付した悲歌「放浪者」（初稿）が、シラー主宰の「ホーレン」に載る。8・22、フランクフルト滞在中のゲーテを訪問。「偽善の詩人たち」、「謝罪」など多数の短い頌歌が出来る。	ゲーテ『ヘルマンとドロテーア』 フランス、オーストリアとカンポ・フォルミオの和約。
九八	28	9月下旬、ゴンタルト家の家庭教師を辞し、フランクフルト近郊のホンブルクに移る。10・4、5、ズゼッテ＝ゴンタルトとの再会、以後一八〇〇年初夏まで、フランクフルトまで歩いて行き、手紙の交換を通しての短い逢瀬がほぼ一ヵ月に一度の割合で繰り返される。10月半ば、ホンブルク宮廷を表敬訪問、王女アウグステは『ヒュペーリオン』の熱心な愛読者。11月、『ヒュペーリオン』第二巻の仕事を進める。ズィンクレーアとラシュタットの会議（フランスとの和議）へ。12・6、ズゼッテ＝ゴンタルトと逢う。	ナポレオン、エジプト遠征。 シュレーゲル兄弟の雑誌「アテネーウム」刊行（〜一八〇〇）。 シラー『ヴァレンシュタイン』（〜九九） 本居宣長『古事記伝』
九九	29	上半期、特に『エンペドクレス』に集中、また思想性に富む文学、美学論文を執筆。詩人独立のために企画した文芸・思想	オーストリア、フランスに宣戦。

一八〇〇

30

誌『イドゥーナ』は秋には挫折。

3・2、A・W・シュレーゲル、ヘルダリーンの頌歌「ドイツ人に寄せる」と「運命の女神たちに寄せる」を、イェーナの「一般文学新報」で激賞。

3・11、ズゼッテ＝ゴンタルトと逢う。

4・5、ズゼッテ＝ゴンタルトと逢う。

5・9、ズゼッテ＝ゴンタルトと逢う。

9・5、ズゼッテ＝ゴンタルトと逢う。

10月、『ヒュペーリオン』第二巻刊行。

10・31、ズゼッテ＝ゴンタルトと逢う。

11・7、ズゼッテ＝ゴンタルトと逢い、『ヒュペーリオン』第二巻を直接手渡す。試行讃歌「あたかも祭の日の朝」着手。

1月、ランダウアー、ホンブルク来訪。

2・6、ズゼッテ＝ゴンタルトと逢う。

5・8、ズゼッテ＝ゴンタルトと逢う。これが最後の逢瀬となる。頌歌「沈みゆくがいい　美しい太陽《ひ》よ……」。

6・10頃、ホンブルクを引き払ってニュルティンゲンに帰る。

6・20、シュトゥットガルトのランダウアー宅に転居。手厚い支援を受ける。

束の間の充ち足りた時間のなかで多くの頌歌、「ドイツ人に寄せる」、「ハイデルベルク」、「ルソー」、「ネッカー河」、「故郷」など、悲歌「メノンを悼むディオーティマの哀悼歌」、

11・9、ナポレオン、クーデタにより第一統領に。

ワシントン死去。

近藤重蔵、エトロフ島に大日本恵土呂府の標柱を建てる。

4・25、仏軍、シュヴァーベン侵攻。

伊能忠敬、蝦夷地の測量を始める。

12・3、オーストリア軍、ホーエンリンデンで敗退後、シュタイア休戦。

ノヴァーリス『夜の讃歌』

一八〇一	31	「放浪者」、「多島海」、「シュトゥットガルト」などが翌年にかけてうまれる。ピンダロス「勝利歌」の翻訳開始。 1・11、シュトゥットガルトを出発。1・15、スイス、ザンクト・ガレン近郊、ハウプトヴィルのフォン＝ゴンツェンバッハ家に到着、直ちに同家の子女の教育を始める。 平和への希求からリュネヴィル会議に強い期待。 4・11〜13、突然の解雇で失職。ニュルティンゲンに帰る。 6・2、シラーとニートハンマーに宛て、イェーナ大学でのギリシア文学の講義希望を表明。両者から返事来ず挫折。 後期讃歌の出現。「ドナウ河の源泉の辺で」、「放浪」、「ライン河」、「ゲルマニア」、「マドンナに」、「平和祝祭」など。また悲歌「パンと葡萄酒」、「帰郷」も。 12・2（推定）、シュトゥットガルトからボルドーへ旅立つ。フランス政府に当初希望したパリ経由は認められず、ストラスブールで2週間足留めを食い、リヨン（1・9）、真冬のオーヴェルニュの山地や高地を歩く非常に危険な徒歩の旅を経て、1・28、ボルドー着。ハンブルク総領事マイヤー家の家庭教師となる。	ジャン＝パウル『巨人』（〜〇三） 2・9、リュネヴィルの和約成立。ライン左岸はフランス領となり、カンポ・フォルミオの和約再確認。 ノヴァーリス、本居宣長死去。
〇二	32	2・14、母方の祖母ロズィーナ、ニュルティンゲンで死去。 5・10、帰国の旅券、ボルドーで交付。パリを経て、6・7、ストラスブールを通過。ボルドーを去った動機の委細は現在も不明。	ナポレオン、終身第一統領となる。 ノヴァーリス『青い花』 十返舎一九『東海道中膝栗毛』

一八〇三

33

6・22、ディオーティマことズゼッテ＝ゴンタルトがフランクフルトで死去。

6月10日過ぎに、憔悴しきった状態で、シュトゥットガルトからニュルティンゲンに姿を現してから、二つを往復。シュトゥットガルトには、ズィンクレーアがボルドーのヘルダリーン宛に書いた、ズゼッテの死を知らせる手紙が転送されてきた。衝撃を受け、7月上旬再びニュルティンゲンに帰る。以後2年をニュルティンゲンで過ごす。

夏、重い発作のため地区担当医プランク博士の診察を受ける。

9・29、ズィンクレーアと帝国代表者会議が開催されているレーゲンスブルクへ。ホンブルク方伯に会う。

10月半ば、ニュルティンゲンに帰る。病状やや好転して後期詩篇に取り組み、ソフォクレスの翻訳に力をそそぐ。

讃歌「唯一の者」第一稿、「パトモス」、「故郷」、「イスター」などに着手。

1・30、ホンブルク方伯に完成した讃歌「パトモス」が手渡される。

2・25、帝国代表者会議の議決によりヴュルテンベルクは選帝侯国となる。

頌歌「ヒーロン」、「涙」、「含羞」、「ガニュメート」、自由律の「生の半ば」など「夜の歌々」の詩篇。

「唯一の者」、「追想」、「ムネモシュネ」など着手した讃歌の諸

3月、イギリス、フランスに宣戦。

レーゲンスブルクでの帝国代表者会議の結果、ドイツ内の諸小国の再編成決定。

クロップシュトック、

		大作が継続していく。ソフォクレスの悲劇『オイディプス王』と『アンティゴネー』の翻訳完成、それぞれに独自の「注解」を付す。また「ピンダロス断片」を「注解」付で翻訳。	ハインゼ、ヘルダー死去。 アメリカ船、長崎に来航。
一八〇四	34	4・14、ヘルダリーン訳『ソフォクレスの悲劇』（第一巻『オイディプス王』、第二巻『アンティゴネー』）、全二巻をフランクフルトのヴィルマンスより同時出版。 6月、ズィンクレーア、ヘルダリーンをホンブルク方伯の図書館司書の名義でホンブルクに連れて行く。 7・7、宮廷図書館司書の資格が認可される。 8・6、ヘルダリーンが司書職に満足し、病状も安定している旨を、ズィンクレーア、ヘルダリーンの母に報告。	ナポレオン、フランス皇帝となる。 シラー『ヴィルヘルム＝テル』 カント死去。
〇五	35	1・29、ブランケンシュタイン、ヴュルテンベルク選帝侯宛にズィンクレーアが公国顚覆の陰謀を企てた旨の非難の書簡。 2・26、ズィンクレーア、ヴュルテンベルク司直の手により、選帝侯暗殺計画の罪名で逮捕・連行される。翌日、ルートヴィヒスブルク法廷でズィンクレーアらに対する大逆罪の審理開始。ヘルダリーンは、病気を理由に逮捕を免れる。 7・10、ズィンクレーア、無罪放免され、ホンブルクに帰る。	アウステルリッツの戦いで、フランス軍勝利。 ヴュルテンベルクとバイエルンが王国となる。 5・9、シラー死去。
〇六	36	1・1、ヴュルテンベルク選帝侯フリードリヒ、王位に即く。 1・14、母、宗教局にヘルダリーンの生活保護を申請。 7月、ヘッセン‐ホンブルク公国、ライン同盟成立によって、	7月、ライン同盟成立。 8・6、神聖ローマ帝

		ヘッセン＝ダルムシュタット大公国に併合。 8・3、ズィンクレーア、緊急事態を受けヘルダリーンの母に、彼の生活を保護することが不可能となったと告げる。 9・11、病が高じたヘルダリーンは、テュービンゲン大学病院精神科のアウテンリート教授の許に連れて行かれる（9・15、入院）。 10・9、ヴュルテンベルク国王、年金一五〇グルデン支給認可。 11月、ゼッケンドルフ編『一八〇七年版・詩神年鑑』に「シュトゥットガルト」、「放浪」、「パンと葡萄酒」第一節、翌年版にも「追想」、「ライン河」、「パトモス」掲載。	国消滅、フランツ二世退位。 11月、ナポレオン、大陸封鎖令を布告。 伊能忠敬、本州の測量終える。 ブレンターノ＝アルニム編『少年の魔法の角笛』（〜〇八）
一八〇七	37	5・3、恢復の見込みのないまま退院、在宅介護を受ける身となる。テュービンゲンの指物師エルンスト＝ツィンマーが、自宅の一室にヘルダリーンを引き受ける。以後この借家（「ヘルダリーン塔」、現在の記念館）に36年間、死去の日まで住む。	フルトン、汽船試運転。 間宮林蔵、幕命により北樺太を踏査。後の間宮海峡発見。
〇八	38	この前後に頌歌「いまは遠い彼方からでも……」。	ナポレオン、スペイン・ポルトガルに出兵。
一〇	40	1・21、クレーメンス＝ブレンターノ、フィリップ＝オットー＝ルンゲ宛書簡で、ゼッケンドルフ編『詩神年鑑』一八〇七年版、一八〇八年版掲載のヘルダリーンの詩に感嘆し激賞。 再び採られている押韻詩「散歩」。	クライスト『公子フリードリヒ＝フォン＝ホンブルク』 スタール夫人『ドイツ論』

一八一一	41	10・14、ツィンマーからヘルダリーンの母宛の、残存する最初の病状、収支報告。	南米各地で独立運動。クライスト、自殺。
一五	45	4・29、ズィンクレーア、ウィーン会議に出席中、急死。	グリム兄弟『童話集』
二二	52	7・3、ヴァイブリンガー、最初の訪問。	ギリシア、独立宣言。
二三	53	春、ツィンマー、母宛にヘルダリーンが判断力を取り戻し、新聞を読み、ギリシアの勝利に反応し、『ヒュペーリオン』とギリシアの詩を読んでいると報告。 6・9、ヴァイブリンガー、ヘルダリーンとエスターベルクの園亭への初めての散歩に。二六年までヘルダリーンをしばしば訪ね、日常の詩人観察を書き残す。 7・27、メーリケ、ローバウアー、シュライナーと訪れる。ローバウアーとシュライナーは、ヘルダリーンをスケッチ。	ホフマン死去。シーボルト、長崎に来る。
二五	55	メーリケ、シュライナーと共に2回目の訪問。この時、シュライナー、2枚目の肖像をスケッチし、翌年仕上げる。	ジャン＝パウル死去。アンデルセン『即興詩人』
二六	56	6・7、ヘルダリーンの最初の詩集『フリードリヒ＝ヘルダリーン詩集』がウーラント、グスタフ＝シュヴァープ編でコッタより刊行される。	オスマン帝国軍、ギリシア侵入、アテネ占領。
二八	58	2・17、ヘルダリーンの母死去。	露土戦争（〜二九）。
二九	59	一八〇六年に母の申請した年金給付の継続が決定。	
三〇	60	1・17、ヴァイブリンガー、ローマで客死。『ヘルダリーンの生涯、詩作と狂気』は翌年刊行。詩「眺望」第一作。	フランス、七月革命。ドイツ各地でも暴動。

一八三二	62	6月、「春」（二五年試作）が創られ、季節詩が登場。	ゲーテ、コッタ死去。
三七	67	詩「眺望」第二作	ビューヒナー死去。
三八	68	6月、メーリケ、「ひとかたまりのヘルダリーン手稿」を発見するも残存せず。 11・18、ツィンマー死去。以後娘のシャルロッテ（愛称ロッテ）が、ひとりでヘルダリーンの世話をする。	
三九	69	7・29、ノイファー死去。	蛮社の獄。
四一	71	1月、クリストフ＝テーオドール＝シュヴァーブ（小シュヴァーブ）が度々訪れ、ヘルダリーンの信頼を得て観察を記し始める。	天保の改革（〜四三）。
四二	72	11月、一八二六年版『詩集』を大幅に改めた新版の『詩集』第二版、コッタより刊行。発行年は翌四三年と記す。両シュヴァーブの共編、ゴックの希望通り小伝を付す。小シュヴァーブ、ヘルダリーンの死後、最初の『ヘルダリーン全集』を伝記を付してコッタより刊行（四六）。	ドロステ＝ヒュルスホフ『ユダヤ人のぶなの木』 南京条約。
四三	73	6月初、最後の詩「眺望」第三作が出来る。この前後よりカタル（感冒）にかかる。 6・7、夜11時、ヘルダリーン胸水腫のため自室にて死去。 6・10、葬儀がテュービンゲン墓地にて執り行われる。	中国、イギリスと虎門寨追加条約。

参考文献

本文で提示したものと重複する場合がある。いずれも単行本（単著）を中心に掲げている。

作品の主な翻訳

『思想するヒュペリオン』陶山務訳 —— 第一書房 一九三五
『ヒュペーリオン——希臘の世捨人』（岩波文庫）渡辺格司訳 —— 岩波書店 一九三六
『ヒュペーリオン』（独逸ロマンチック叢書1）次田順助訳 —— 青木書店 一九四三
『ヘルデルリーン詩集』（世界詩人叢書6）次田順助訳 —— 蒼樹社 一九四九
『ヒュペーリオン』（新潮文庫）次田順助訳 —— 新潮社 一九五一
『悲劇 エムペードクレス』（岩波文庫）谷友幸訳 —— 岩波書店 一九五三
『ヘルダーリン詩集』（角川文庫）小牧健夫・次田順助訳 —— 角川書店 一九五九
『ヘルダーリン詩集』（世界名詩集大成6 ドイツI）手塚富雄・片山敏彦・谷友幸訳 —— 平凡社 一九六〇、一九六八
『ヘルダーリン全集』（全四巻）手塚富雄編 手塚富雄・浅井真男他訳 —— 河出書房 一九六六〜六九
『ヒュペーリオン』（筑摩世界文学大系26 ドイツロマン派集 ヘルダーリン、ジャン・パウル、ノヴァーリス、アイヒェンドルフ、ホフマン、ハイネ）手塚富雄訳 —— 筑摩書房 一九七四
『ヒュペーリオン』（世界文学全集20 ノヴァーリス、ヘルダリーン）野村一郎訳 —— 講談社 一九七七
『ヒュペーリオン』（集英社ギャラリー 世界の文学10 ゲーテ、ヘルダーリン、ホフマン、アイヒェンドルフ、グリム兄弟、一九世紀ドイツ短篇集）神子博昭訳 —— 集英社 一九九一
『ヘルダーリン詩集』（岩波文庫）川村二郎訳 —— 岩波書店 二〇〇二

『省察』ヨハン・クロイツァー編、武田竜弥訳　論争社　二〇〇三

伝記・研究書など

『ヘルデルリーンの生涯――書簡集を通じて』ヴィル・ヴェスパー著　渡辺格司訳　弘文堂　一九四〇
『ヘルデルリーン』次田順助著　晴南社　一九四九
『ヘルダーリーン』小牧健夫著　白水社　一九五三
『ヘルダーリン』（上下）手塚富雄著　中央公論社　一九八〇
『ヘルダーリン』（ロロロ・モノグラフィー叢書）ウルリヒ・ホイサーマン著　野村一郎訳　理想社　一九七一
『ヘルダーリン』ペーター・ヴァイス著　岩淵達治・野村一郎訳　白水社　一九七二
『ヘルダリーンとハイデガー』ベーダ・アレマン著　小磯仁訳　国文社　一九八〇
『ヘルダリーン　詩的なる精神』ベーダ・アレマン著　小磯仁編訳　国文社　一九九四
『ヘルダーリン――予め崩れる一九世紀近代　伊東静雄における受容との関連について』縄田雄二著　西田書店　一九九六
『詩作の個人性と社会性　ヘルダーリンの詩「追想」』矢々羽崇著　近代文芸社　一九九七
『〈隠れたる神〉の痕跡　ドイツ近代の成立とヘルダリン』仲正昌樹著　世界書院　二〇〇〇
『ヘルダリーン　愛の肖像――ディオーティマ書簡――』小磯仁著　岩波書店　二〇〇四
『ヘルダーリン研究――文献学的認識についての論考を付す』ペーター・ソンディ著　ヘルダーリン研究会訳　法政大学出版局　二〇〇九
『アドルノ文学ノート　2』テオドール・W・アドルノ著　三光長治他訳　みすず書房　二〇〇九

精神医学の分野から

『ヘルダリン　病跡学的考察』ヴィルヘルム・ランゲ - アイヒバウム著　西丸四方訳 ―― みすず書房　一九八九

哲学の分野から

『体験と文学』ヴィルヘルム・ディルタイ著　服部正己訳 ―― 第一書房　一九三五
『体験と創作』（上下）（岩波文庫）ヴィルヘルム・ディルタイ著　柴田治一郎訳（上）・小牧健夫訳（下） ―― 岩波書店　一九六一
『ハイデガーとヘルダーリン』加藤泰義著 ―― 芸立出版　一九八五
『ヘーゲル、ヘルダーリンとその仲間　ドイツ精神史におけるホンブルク』クリストフ・ヤメ、オットー・ペゲラー編著　久保陽一訳 ―― 公論社　一九八五
『歴史における詩の機能　ヘーゲル美学とヘルダーリン』四日谷敬子著 ―― 理想社　一九八九
『ヘルダーリンと古代ギリシア』竹部琳昌著 ―― 近代文芸社　一九九四
『体系への道　初期ヘーゲル研究』寄川条路著 ―― 創土社　二〇〇〇
『哲学の歴史7　理性の劇場　18～19世紀　カントとドイツ観念論』加藤尚武編 ―― 中央公論新社　二〇〇七

ハイデガーの著作より

『ヘルダーリンの詩の本質』斎藤信次訳 ―― 理想社　一九三八
『ヘルデルリーンと文学の本質』佐藤義人訳 ―― 大学書林　一九四三
『ヘルダーリンの詩の解明』（ハイデッガー選集3）手塚富雄・斎藤信次・土田貞夫・竹内豊治共訳 ―― 理想社　一九五五　改訂版一九八三

『ヘルダーリン論』（ハイデッガー選集30） 柿原篤弥訳 ―― 理想社 一九八三
（以下の4点は、ハイデッガー死去の、一九七五年を期して刊行を開始した『マルティン・ハイデガー全集』Martin Heidegger. 102 Bände. Frankfurt am Main : Vittorio Klostermann 1975 ff. からの翻訳『ハイデッガー全集』。巻数も原著と同じ）
『ヘルダーリンの讃歌「ゲルマーニエン」と「ライン」』 木下康光 ハインリヒ・トレチアック訳（第三九巻） ―― 創文社 一九八九
『ヘルダーリンの讃歌「イスター」』 三木正之 エルマー・ヴァインマンヤー訳（第五三巻） ―― 創文社 一九八九
『ヘルダーリンの讃歌「回想」』 三木正之 ハインリッヒ・トレチアック訳（第五二巻） ―― 創文社 一九八九
『ヘルダーリンの詩作の解明』 濱田恂子 イーリス・ブフハイム訳（第四巻） ―― 創文社 一九九七
『ヘルダーリンに寄せて 付・ギリシア紀行』 三木正之 アルフレード・グッツォーニ訳（第七五巻） ―― 創文社 二〇〇三
「イドゥーナ」 創刊号 ―― ヘルダリーン研究会 一九九七
（国内の研究会誌。会員の論文、その他を掲載発表）

また、日本の文献については、「日本におけるヘルダーリン研究文献」（秋山卓也編 「ドイツ文学」第62号 日本独文学会 一九七九）が有益だが、作品翻訳および研究関連書の翻訳が未収録。一九七九年以降の公刊分が明治から昭和一〇年代までの欠落分と併せて補完される必要があった。

その後、「日本におけるフリードリヒ・ヘルダーリン（上）（下）」（高橋秀誠・海老坂高編 「ドイツ文学」第106～107号 日本独文学会 二〇〇一）でこれへの補完がなされたが、重要な作品翻訳でなお欠落している事例があり、また論文と単行本の翻訳の研究書等が同列に二～三行で処理され、その内容が正確につかみきれないなど、記載上の表示方法にも是正されるべき諸点が残されている。

雑誌詩集

「理想」三月号 ———— 理想社　一九八一
「批評空間」第五号 ———— 福武書店　一九九二

ヘルダリーンの著作・全集（原書）

Sämtliche Werke. Große Stuttgarter Ausgabe. Hrsg. von Friedrich Beißner（u.a.）. 8 Bde. Stuttgart. Cotta /（seit 1951）Kohlhammer, 1943–1985.（Zit. als : StA.）

Sämtliche Werke und Briefe. Hrsg. von Günter Mieth. 4 Bde. Berlin: Aufbau-Verlag, 1970. ^{2}1995. 2 Bde. München : Hanser, 1970.

Sämtliche Werke. Frankfurter Ausgabe. Hrsg. von Dietrich E. Sattler. 20 Bde. FHA Faksimile-Supplement（I-III）. Basel, Frankfurt a.M.: Verlag Stroemfeld / Roter Stern, 1975–2008.（Zit. als : FHA.）

Sämtliche Gedichte. Studienausgabe. Hrsg. und komm. von Detlev Lüders. 2 Bde. Wiesbaden : AULA-Verlag, ^{2}1989.

》Bevestigter Gesang《. Die neu entdeckende hymnische Spätdichtung bis 1806. Hrsg. von Dietrich Uffhausen. Stuttgart : Metzler, 1989.（Zit. als : HBG.）

Friedrich Hölderlin. Sämtliche Werke und Briefe. Hrsg. von Michael Knaupp. 3 Bde. München : Hanser, 1992–93.（Zit. als : MA.）

Sämtliche Werke und Briefe. Hrsg. von Jochen Schmidt. 3 Bde. Frankfurt a.M.: Deutscher Klassiker Verlag, 1992–94.（Zit. als : SW. od. KA.）

Friedrich Hölderlin. Gedichte. Hrsg. von Gerhard Kurz in Zusammenarbeit mit Wolfgang Braungart. Nachw. von Bernhard Böschenstein. Stuttgart.: Philipp Reclam jun, 2000.

ヘルダリーンの伝記・概説を中心に（原書）

Michel, Wilhelm: Das Leben Friedrich Hölderlins. Bremen: Carl Schünemann, 1940. Unveränd. fotomech. Nachdr. Darmstadt: Wissenschaftliche Buchgesellschaft, 1963. Neudr. Frankfurt a.M.: Insel Verlag, 1967.

Hölderlin. Eine Chronik in Text und Bild. Hrsg. von Adolf Beck und Paul Raabe. Frankfurt a.M.: Insel Verlag, 1970.

Bertaux, Pierre: Friedrich Hölderlin. Frankfurt a.M.: Suhrkamp Verlag, 1978. suhrkamp taschenbuch 686, 1981.

Constantine, David: Friedrich Hölderlin. New York: Oxford University Press, 1988. München: Beck, 1992.

Gaier, Ulrich: Eine Einführung. Tübingen/Basel: Francke Verlag, 1993.

Hölderlin. Chronik seines Lebens mit ausgewählten Bildnissen. Hrsg. von Adolf Beck. Frankfurt a.M.: Insel Verlag, 1993.

Henning, Bothe: Hölderlin zur Einführung. Hamburg: Junius, 1994.

Martens, Gunter: Friedrich Hölderlin. rororo monographien, 586. Reinbek bei Hamburg: Rowohlt Taschenbuch Verlag, 1996.（Dieser Band ersetzt die 1961 erschienene Monographie über Friedrich Hölderlin von Ulrich Häussermann.）

Wackwitz, Stephan: Friedrich Hölderlin. 2. Aufl.（1. Aufl., 1985）bearbeitet von Lioba Waleczek. Stuttgart: J.B. Metzlersche Verlagsbuchhandlung, 1997.（Sammlung Metzler. 215.）

ヘルダリーン国際文献目録

Internationale Hölderlin-Bibliographie (IHB). Hrsg. vom Hölderlin-Archiv der Württembergischen Landesbibliothek Suttgart. Erste Ausg. 1804–1983. bearbeitet von Maria Kohler. Stuttgart-Bad Cannstatt: frommann-holzboog, 1985. ff. Ausgaben 1984–88, 1989–90, 1991–92, 1993–94, 1995–96 bearbeitet von Werner Paul Sohnle und Marianne Schütz.
Homepage: http://www.wlb-stuttgart.de/sammlungen/hoelderlin-archiv
E-mail: hoelderlin@wlb-stuttgart.de

ヘルダリーン作品・音楽関連目録（『ヘルダリーン　楽符と録音媒体　一八〇六〜一九九九』）

Musikalien und Tonträger zu Hölderlin: 1806–1999. Internationale Hölderlin-Bibliographie (IHB). Sonderband auf der Grundlage der Sammlungen des Hölderlin-Archivs der Württembergischen Landesbibliothek / Bearb. von Werner Paul Sohnle, Marianne Schütz und Ernst Mögel. Hrsg. vom Hölderlin-Archiv. Mit einem Vorw. von Peter Härtling. Stuttgart-Bad Cannstatt: frommann-holzboog, 2000.

ヘルダリーン語彙辞典

Wörterbuch zu Friedrich Hölderlin. I. Teil: Die Gedichte. Auf der Textgrundlage der Großen Stuttgarter Ausgabe. Bearbeitet von Heinz-Martin Dannhauer, Hans Otto Horch und Klaus Schuffels in Verbindung mit Manfred Kammer und Eugen Rütter. Tübingen: Max Niemeyer Verlag, 1983 ff. (II. Teil: Hyperion. 1992.)

ヘルダリーン協会

Internet：www.hoelderlin-gesellschaft.de
E-mail：info@hoelderlin-gesellschaft.de

写真について

カバー、口絵、四三、四七、六七、七五、八二、一一五上、一一五下、一一九、二一四頁の写真は、マールバッハのシラー国立博物館／ドイツ国立文学館（Schiller-Nationalmuseum/Deutsches Literaturarchiv）、四四、五一、九三、一三〇、一四六、一八四頁の写真は、ヴュルテンベルク州立図書館ヘルダリーン文庫（Württembergische Landesbibliothek Hölderlin-Archiv）、八八、一〇七頁の写真は、バート‐ホンブルク公立博物館（ゴシック館）（Stadtarchiv Bad Homburg v.d.H./Museum im Gotischen Haus）、一九四頁の写真は、バート‐ホンブルク市立文書館（Stadtarchiv Bad Homburg v.d.H., Schloß）、六二、一九九、二一一頁の写真は、テューービンゲン市立博物館（Stadtmuseum Tübingen）、一七頁の写真は、ヴァイマル古典財団（Stiftung Weimarer Klassik）、の各所蔵品の写真である。

さくいん

【人名】

【他作家の作品】

【事項】

【地　名】

ヘルダリーン■人と思想171　　定価はカバーに表示

2000年10月20日　第1刷発行©
2016年4月25日　新装版第1刷発行©

・著　者 ……………………………小磯《こいそ》　仁《まさし》
・発行者 ……………………………渡部　哲治
・印刷所 ……………………………広研印刷株式会社
・発行所 ……………………………株式会社　清水書院

〒102-0072　東京都千代田区飯田橋3-11-6
Tel・03(5213)7151～7
振替口座・00130-3-5283
http://www.shimizushoin.co.jp

検印省略
落丁本・乱丁本は
おとりかえします。

CenturyBooks

Printed in Japan
ISBN978-4-389-42171-7

CenturyBooks

清水書院の〝センチュリーブックス〟発刊のことば

近年の科学技術の発達は、まことに目覚ましいものがあります。月世界への旅行も、近い将来のこととして、夢ではなくなりました。しかし、一方、人間性は疎外され、文化も、商品化されようとしていることも、否定できません。

いま、人間性の回復をはかり、先人の遺した偉大な文化を継承して、高貴な精神の城を守り、明日への創造に資することは、今世紀に生きる私たちの、重大な責務であると信じます。

私たちがここに、「センチュリーブックス」を刊行いたしますのは、人間形成期にある学生・生徒の諸君、職場にある若い世代に精神の糧を提供し、この責任の一端を果たしたいためであります。

ここに読者諸氏の豊かな人間性を讃えつつご愛読を願います。

一九六七年

SHIMIZU SHOIN